U0603991

◎浅透報嬴◎

毒々しいきのこ物語

华丽食物志

［日］涩泽龙彦———著

邹双双———译

广西师范大学出版社

·桂林·

Hanayakana Shokumotsushi by Tatsuhiko Shibusawa

Copyright © 1989 Ryuko Shibusawa

All rights reserved.

First published in Japan in 1989 by KAWADE SHOBO SHINSHA Ltd. Publishers.

Simplified Chinese translation rights arranged with KAWADE SHOBO SHINSHA Ltd. Publishers.

Through CREEK&RIVER Co.,Ltd. and CREEK&RIVER SHANGHAI Co.,Ltd.

著作权合同登记号桂图登字:20-2018-203号

图书在版编目(CIP)数据

华丽食物志/(日)涩泽龙彦著;邹双双译.—桂林:广西师范大学出版社,2020.4

ISBN 978-7-5598-2531-5

Ⅰ.①华… Ⅱ.①涩… ②邹… Ⅲ.①小品文-作品集-日本-现代 Ⅳ.①I313.65

中国版本图书馆 CIP 数据核字(2019)第 297007 号

出品人:刘广汉　　　　责任编辑:刘　玮

助理编辑:陶阿晴　　　　装帧设计:李婷婷

广西师范大学出版社出版发行

(广西桂林市五里店路9号　　邮政编码:541004)

(网址:http://www.bbtpress.com)

出版人:黄轩庄

全国新华书店经销

销售热线:021-65200318　021-31260822-898

山东鸿君杰文化发展有限公司印刷

(山东省淄博市桓台县寿济路13188号　邮政编码:256401)

开本:787mm×1 092mm　　1/32

印张:5.875　　　　字数:98 千字

2020 年 4 月第 1 版　　2020 年 4 月第 1 次印刷

定价:48.00 元

如发现印装质量问题,影响阅读,请与出版社发行部门联系调换。

目

录

I　华丽食物志

1

華やかな食物誌

华丽食物志

罗马盛宴

夏目漱石《我是猫》的第二章中，有一段迷亭先生的来信：

> 夫此类孔雀舌宴，往昔罗马全盛之时，曾一度极为流行，仆亦认为实乃豪奢风流之举，平生对此垂涎已久，此情伏希谅察……[1]

迷亭先生接着在信中描述了罗马贵族们兼顾豪奢与健康的习惯——比如为了保持肠胃健康，食后必入浴，咽下之物尽数呕出以清扫胃内，写得诙谐可笑。总之，多亏了漱石的《我是猫》，"罗马大盛宴"这一观念，在明治以来的读书人脑中已根深蒂固。《我是猫》对此

1　[日]夏目漱石著，刘振瀛译：《我是猫》，上海译文出版社，2017年，第39—40页。本书脚注均为译注。

功不可没。

迷亭先生说的没错，罗马文人们的诗文中常见"孔雀"一词。华美绚丽的孔雀，或许在当时作为奢侈菜肴的典型而广为人知。只是，孔雀菜肴的味道似乎一般，贺拉斯（罗马传说中的一名英雄）就说过，味道和鸡没两样。恐怕是这样吧。迷亭先生的信里写的是孔雀舌头，相比舌头，脑髓或孔雀蛋好像更令人垂涎。

说到舌头，被哲学家塞内卡誉为"王者之奢侈""骇人之奢华"的红鹤舌头更为出名。红鹤的拉丁语是Phoenicopterus。《博物志》的作者普林尼[1]写道："顶级美食家阿比修斯让我知道了红鹤舌的绝妙美味。"现如今，我们在吃法国菜、意大利餐时，会食用牛的脑髓和舌头，至于孔雀、红鹤等的脑髓和舌头，难以想象有多美味。

然而对于罗马人而言，"鸟的脑髓和舌头乃珍馐美味"好像已经成为一种固定观念。埃拉伽巴路斯，这位据说因行为肆意放荡十八岁就遭杀害的年轻皇帝，某日突然下令："遣猎人去吕底亚（Lydia，小亚细亚中西部）！捕些不死鸟回来！捕活鸟者，赏黄金二百两！寡人要吃不死鸟的脑髓！"

1　盖乌斯·普林尼·塞孔杜斯（Gaius Plinius Secundus, 23—79），常被称为老普林尼或大普林尼，古罗马作家、博物学家。

不死鸟，亲爱的读者们都知道，是一种想象中的鸟。出现在童话中无可厚非，可现实中无处可寻。罗马皇帝权力再大，这种要求凭借人间力量也是没辙，自然没人能捉回不死鸟。无奈，埃拉伽巴路斯只好对不死鸟死心，转而食用鸵鸟脑髓以解馋。在此之前，虽说罗马地大物博，但无人食过鸵鸟的脑髓。这可称得上是嗜食怪味之最甚者吧。究竟是否美味，史无记载，无从知晓。

称得上是"餐桌上的狂诞"的奢侈菜肴，除此之外，数不胜数。越是远地生产的食物，越是令人垂涎。有名的如拉韦纳的芦笋、塔兰托的牡蛎、西西里岛的星鳗、科西嘉岛的鲻鱼、爱奥尼亚的山鸟、西班牙的蜜蜂、高卢的阉鸡、叙利亚的梨、努米底亚的母鸡、非洲的松露、米塞努姆的海胆等。如此这般，食物和产地总是连在一起。

关于星鳗也有个臭名昭著的故事。在罗马皇帝奥古斯都统治的时代，有个叫波尼奥的著名美食家。一天，奥古斯都受邀请来到波尼奥府邸，正用膳时，伺候在旁的奴隶打破了一只杯子。波尼奥火冒三丈地当着皇帝的面把这个奴隶投进了饲养星鳗的笼子里。实际上，这个波尼奥平时就是用奴隶之躯投喂星鳗，毫不知情而吃下星鳗的皇帝吓得脸色发青。

　　既然说到鱼，再说一说罗马人都喜欢吃的一种叫鹦哥鱼（Scarus）的鱼。据普林尼记载："在如今，足以称得上是最高级的鱼肉。据说它是唯一一种会反刍的鱼，不食小鱼，只吃草。在喀尔巴阡海（位于土耳其和克里特岛之间）产得最多。"读完这么寥寥几句，我们还是不太明白它究竟是种什么鱼。在日语版《亚里士多德全集》中，鹦哥鱼的对译语是"Parrotfish"，而在北隆馆的《动物图鉴》中，被译作了"武鲷"，貌似跟濑鱼比较像。罗马人主要吃这种鱼的内脏，尤其是肝脏。"只有一种食物和鹦哥鱼较为相似，那就是江鳕。"普林尼如是说。既是如此，那我们或许可以把它想象成是鳕鱼的内脏。虽然我们不觉得会有多美味，不过吃厌了美食的美食家们，反而觉得味道很好吧。

　　还有骆驼脚跟、八目鳗鱼子、孔雀蛋、野鸡肉腊肠以及前面提到的红鹤舌头，这些都属于特级怪味了。欧洲没有骆驼，所以必须不惜重金和劳力地从中东运过来。而且，脚跟只是身体微不足道的一小部分。正因为如此，才令美食家们垂涎不已。

　　再给大家介绍几道怪味吧。例如，撒满罂粟粒的小山鼠碎肉、特制鱼露（详见后述）、腌制的刺猬肉、似鲤（类似鲤鱼的鱼）的内脏、斑鸫的脑髓、母猪乳房和子宫的炖煮以及从活生生的雄鸡头上切下来的鸡冠，等等。据史学家兰普里第努斯记载，罗马皇帝埃拉伽巴路斯经常食用骆驼脚跟、雄鸡鸡冠等。我们不禁担心，吃这些奇奇怪怪的东西，胃能受得了吗？大概是罗马人的舌头异常发达，就像日本人能生吃鱼肉一样，这种雄鸡鸡冠或许也是生吃的吧。

所谓特制鱼露，是一种用青花鱼的内脏和鲜血制成的酱，种类繁多，品质三六九等不一，是罗马人餐桌上必备的调味料。有点像日本的咸鱼，比较接近我们现在日常食用的凤尾鱼酱。吃生蚝的时候，蘸点这种特制鱼露，味道立马升级。不仅如此，它能给任何菜调味。

佩特罗尼乌斯的《萨蒂利孔》第二章"特里马尔奇奥的盛宴"中，有一段关于特制鱼露的描述，在此引用一下以供参考：

　　四个奴隶伴着音乐，踏着舞步缓缓而出，揭开了盆盖，露出一只碟，碟里盛着雄鸡和母猪乳房，正中央是一只野兔，看起来像张开羽翼的天马。再仔细一看，盆的边角立着四尊半兽神，和胡椒粉搅拌在一起的特制鱼露就从阳具处流出来，刚好流注在那仿若在河道里游得正欢的鱼肉上。我们一行人，附和着奴隶们的掌声，边笑边走近这顶级之至的佳肴。

这是小说，当然有渲染夸张之处。不过类似这样的场景，在罗马皇帝和贵族一日三餐的豪华宴席上，应该是能见到的吧。像撒尿小孩铜像那样，从半兽神像的生殖器流出来的特制鱼露，不是顶好的令人愉快的设计吗？

名载史册的罗马美食家中，第一位当是卢库勒斯，然后是阿比修斯。卢库勒斯暂且不管，我们来看看阿比修斯吧。

古文献中有记载的阿比修斯有四人，且四人都是著名的美食家。换言之，阿比修斯家是美食家世家。首先，第一个阿比修斯生活在罗马共和国末期，也就是苏拉统治时期；第二个阿比修斯，准确来说是马库斯·盖比斯·阿比修斯，生活在奥古斯都和提比略大帝统治时期；第三个阿比修斯著有流传后世的烹饪书，其中对克劳狄乌斯帝的飨宴有描述；第四个阿比修斯生活在图拉真大帝统治时期。

最是有名的、生活在提比略大帝统治时期的阿比修斯，据说富甲一方，极尽豪奢，创制了若干种新的料理法。比如说芝士蛋糕，就借用他的名字被叫作"阿比修斯的芝士蛋糕"。他一生大部分时间生活在明图尔诺，据说用于餐饮上的钱多达数万德拉克马。明图尔诺位于那不勒斯的北方，临第勒尼安海，海鲜类物产丰富。他尤其喜欢吃虾，这个地方打捞的虾比士麦那[1]产的要大很多，比亚历山大城产的螃蟹还要大。

有一天，阿比修斯听说非洲产的虾更大，迫不及待地立刻备船出发。横穿地中海，终于到达非洲海岸后，渔师们争先恐后地驾着小船靠近，亮出自己最为得意的虾。阿比修斯一一过目后，说：

"没有更大的了吗？"

渔师们异口同声地回答：

"呈上的是我们这儿最大最好的了，再没有更大的了。"

阿比修斯一听，调头就走，命令船长即刻原路返回意大利。原来和家乡明图尔诺的虾相比，非洲产的也不过如此。孜孜不倦探求到底的美食家形象跃然纸上吧。

"始创了许多精致美食的阿比修斯，让羊鱼（Mullus）死于盐卤，然后从肝脏中提炼出新调味酱，这是一种高超的料理法。"普林尼在《博物志》中如是写道。

---

1 土耳其第三大城市伊兹密尔的旧称。

之前没有讲过羊鱼，我就再简单提一下在罗马人心目中可与鹦哥鱼媲美的羊鱼吧。有说羊鱼就是鲻鱼，也有说是绯鲤。罗马的鱼总是难以找到对应的日语正式名称，所以称呼不定。为了避免混淆不清，此处我直接采用拉丁语的 Mullus 译法。

羊鱼终归还是体格比较大的受欢迎，尤其是大羊鱼售价很高，有的甚至接近于一个奴隶的价格。这种鱼有须，在养殖池里养殖，可以长得异常肥大，应该是不怎么令人悦目的那种。"据美食家言，羊鱼断气时，身体颜色会发生变化。如果是隔着玻璃水槽观察，会看到红鳞慢慢变质，逐渐泛白。"普林尼写道。这样看来，这类羊鱼不是鲻鱼，显然是绯鲤。红色的鳞，长长的须，百分百是绯鲤了。日文文献中多译作鲻鱼，应该视作误译。

普林尼提到了玻璃水槽，实际上，罗马有一种风俗：把养殖的羊鱼置于漂亮的玻璃瓶中，让其游来游去以供来客观赏。鱼因体力不断消耗而慢慢死去，与此同时，鱼体颜色也逐渐变化。列席的来宾们目不转睛地凝视着濒临死亡的鱼儿。他们各自挑选一条鱼，挑中的这条鱼如果跳得最高、蹦得最远，则属于幸运者。罗马的贵族们大概是生活无趣吧，所以才沉溺于这种无聊的游戏。

据塞内卡和马提亚尔[1]记载，这位从羊鱼的肝脏中提炼出调味酱的天才美食家阿比修斯，长年累月地在饮食上挥金如土。等到最终清算时，发现家财只剩下一千万塞斯特蒂[2]，猛地意识到自己再不能像以前那样山珍海味想吃就吃了后，他觉得人生再无意义可言。于是，阿比修斯唤来朋友知己，举办了最后的飨宴，并于席间饮毒自尽。正如他曾经观察过的、关在玻璃槽中的高级羊鱼一样，不动声色地优雅死去。

虽说不能再随心所欲地享用美食，但毕竟还有一千万塞斯特蒂，和一般人相比有钱多了，从常识来看，根本没有自尽的理由。阿比修斯的自杀，可谓是殉于美食。若不是没落的罗马贵族，谁会选择这种死亡方式啊？殉于美食，怕是世间再无第二人吧。

第三个阿比修斯撰写的那部有名的烹饪书，就像维特鲁威的《建筑十书》一样，一般被称作《烹饪十书》，为供职于贵族家的厨师解说了各种各样的烹饪法，即便是现在也能发挥作用。这本书被译成了法语，现介绍部分段落：

用鱼露、油以及葡萄酒混合而成的酱炖鸡

---

1 古罗马诗人。

2 古罗马钱币。

仔，再用点青韭、香菜和紫苏调味。鸡仔炖熟后，在研钵中碾碎胡椒和松子。在香辛料中加入两杯调味汁，添入牛奶，充分搅和。然后把调好的酱浇在鸡仔上继续炖。取蛋白，搅匀至黏糊状，鸡仔盛入碟后，浇上。这种酱叫作白酱（white sause）。

第四个阿比修斯是牡蛎储藏法的创始者。关于他，也有一个故事，发生于图拉真大帝远征安息帝国（里海的东南方）时。安息帝国远离大海，难以吃到新鲜的海鲜。而阿比修斯使用特殊秘法将储藏新鲜的牡蛎呈献给了大帝。这是一种什么秘法，很遗憾至今无人知晓。在高温难耐的国家身体日渐不支的皇帝，一定龙颜大悦了吧。

第三个阿比修斯的《烹饪十书》里也有记载牡蛎的储藏法，即"将牡蛎储藏于用松脂熏过，再用醋洗过的醋罐中"。不过这种方法太过简单，耐不住罗马到安息帝国的长途运输。毕竟要途经酷热的中东地区，牡蛎很快就会腐烂。第四个阿比修斯大概发现了一种第三个阿比修斯没能实现的更为有效的储藏法吧。

除阿比修斯之外，罗马最为享受美食的不用说当然是居于权力顶端的皇室一族了。特别是苏埃托尼乌斯描绘的维特里乌斯和克劳狄乌斯大帝的耽于美食固然有名，然而能够独占鳌头、令全罗马都大惊失色的当属我前文提到过的少年皇帝埃拉伽巴路斯吧。

据说埃拉伽巴路斯模仿埃及艳后克利奥帕特拉和另一位罗马皇帝卡利古拉，食用混有黄金细粒的豌豆。克利奥帕特拉饮用醋溶珍珠的故事很为人所知，埃拉伽巴路斯也吃过混有琥珀的蚕豆、混有珍珠的大米等物。这些食物当时被认为是一种性欲增强剂，即春药。说起来，就类似于能使人长生不老的仙药，实际上有没有效果很让人怀疑。想吃不死鸟的埃拉伽巴路斯的妄想也是如此，说不定是人类一种永不放弃追求不可能的执念。不过，一个不满二十岁的少年竟有此等执念，想想也是令人惊愕。

罗马的大盛宴，这样看来，也已经远远超过吃货趣味、美食趣味的领域，而达到了宗教与哲学相交织的幻想境界。

为了美食而自尽的阿比修斯可谓死得壮烈，梦想食用不死鸟的埃拉伽巴路斯也不得不说是精神可嘉。

《我是猫》中的迷亭先生说："处于20世纪之今日，交通之频繁，宴会之日增，自不待言，且今岁适逢军国多事，征俄之第二年，当此之际，仆深信吾侪战胜国之国民，效仿罗马人之所为，研究此种人俗，呕吐术之时机，已臻成熟。"[1]饮食方面心无大志的日本人，即便是在第二次世界大战后成了经济大国之国民，怕是也难以效仿罗马人吧。

1　[日]夏目漱石著，刘振瀛译：《我是猫》，上海译文出版社，2017年，第41页。

法国宫廷和美食家

法国菜虽然历史悠久，形成如今这样的用餐形式却时日尚短。早的，说是 16 世纪以后才开始用叉子，像服务员帮忙夹菜入碟或是撤下空碟这样的餐桌服务，是直到近代餐厅诞生后才出现的。在此之前没有换碟的习惯，菜也必须自己起身去取，类似于现在的自助餐，这种形式的历史更久。

那位君临凡尔赛宫的太阳王——波旁家族的路易十四也嫌叉子麻烦，直接用手抓着吃。这个坏习惯还总改不了。听起来有点难以置信吧？洛可可时代奢华的宫廷生活，竟允许这种野蛮人似的用餐行为。在日本，我们从 8 世纪的奈良时代就开始用筷子，这点比法国文明多了。

现今很有名的鸭肉店"银塔餐厅(La Tour d'Argent)"大概始于 16 世纪，是巴黎历史最久的餐厅之一。有说叉子的使用始于这家店。传说，为了让如亨利三世的宫廷贵族们穿着襞襟也能顺利将食物送进口，店主让人制作了长把叉。那时，这家店的名菜有小家鼠肉派，蛇肉、海豚肉和天鹅肉的混合派，填充了梅子的仙鹤肉。都是些让我们不寒而栗的食物。

所有饮食史书都会不惜笔墨地写到法国饮食史上的一大变革时期，即意大利梅迪奇家族的卡特琳作为亨利二世的王妃从佛罗伦萨嫁到法国来的这段时期。王妃卡特琳踏入法国宫廷的 1533 年 10 月 20 日是法国饮食史上非常重要的日子。

卡特琳从当时相对发达的意大利带来了一大帮厨师、点心师和造酒师等。她当时年方十四，对美食却颇有研究，令粗野的巴黎宫廷人士大跌眼镜。

传言她的食量很大，远近闻名，总是吃得腹部欲裂，导致不得不忍受慢性腹泻的痛苦。她最喜欢吃洋蓟的花蕾、雄鸡的鸡冠和肾脏，怪不得要吃坏肚子。

意大利人带来的新式菜品和点心当中，尤其让法国人欲罢不能的是果子露冰激凌。就是那种饭后吃的、颜色五彩缤纷的冰激凌，法国人在那之前从没见过也没吃过这玩意儿。当然，当时既没有电也没有制冰机，自是不能简单地大量生产果子露冰激凌。实际上，梅迪奇家族的城堡里有地下冰室，储藏着大老远从挪威运过来的冰，所以一年四季都能制作果子露冰激凌。不用说，法国王室立马效仿了这个习惯。

关于卡特琳·德·梅迪奇的豪奢饮食生活，一旦写起来，那是准备多少张纸都写不完的，我们将话题转移到法国 17 世纪吧。总之，此时随着有了品尝意大利式菜品的机会，曾经粗野的法国人也变得舌头刁钻起来。

路易十三自己给自己当厨师。当然，这种行为与其说是国王的爱好，更多的是因为害怕被毒杀。因为他父亲亨利四世曾有十七次险些被毒杀。当时的首相黎塞留[1]养了很多只猫，并不单是因为他喜欢猫，而是为了让它们试毒。那个年代，大家对毒杀总是高度警戒。

毒杀的问题暂且放一边，亲自下厨做晚餐的习惯在 17 世纪的王侯贵族之间成为一种流行时尚，这个确有其事。首相黎塞留发明了用鸡蛋和油制作蛋黄酱，至今这个还被人们称作"黎塞留酱"。有些菜式虽然不是王侯贵族自己发明的，是伺候他们的厨师们的创意，但以主人名字命名。这样，蓬帕杜尔浓汤、贝尔尼浓汤等新发明就不断问世了。

---

1 阿尔芒·让·迪普莱西·德·黎塞留（Armand Jean du Plessis de Richelieu, 1585—1642），法国枢机主教，著名的政治活动家、外交家，1624—1642 年间任法国首相。

　　其中最有名的是贝夏梅尔调味酱吧。贝夏梅尔侯爵是路易十四统治时期的经济学家，美食方面钻研很深。他发明了一种酱料，以自己名字命名，遂得以在世界饮食史上名垂千秋。

　　前面说过，手抓食物狼吞虎咽的路易十四，是个可怕的吃货。他不像害怕被毒杀的父亲那样胆小谨慎。从现存的食谱来看，菜品甚多，多得无法在这里一一罗列。国王一个人竟然能吃掉八种套餐，共计六十四碟，简直令人难以置信。据说，像罗马人那样，他会时常用一根鹅毛鼓捣喉咙深处来洗胃。同时，一天又进餐三次甚至四次。有人甚至作证说见国王一顿清光了四碟汤、一只野鸡、一只鹧鸪、一大盘蔬菜沙拉、大蒜烩羊肉块、两片厚厚的火腿、一碟点心，还有水果和果酱。不愧是太阳王，名副其实，饮食上也非常人可比。

　　在美食史上留下不朽之名的还有孔代亲王的御用厨师长瓦泰尔。1617 年，路易十四被孔代亲王迎进封地城堡时，当天的晚宴上荤菜稍微不够。第二天是吃斋日，然而订购的鱼肉没有及时送到。瓦泰尔觉得自己屡次失误罪不可恕，提剑穿胸而过，引咎自杀了。他可能是个自尊心高如艺术家的男人，不能容忍自己在作品上犯下丁点儿失误。

　　罗马的阿比修斯，得知家财变少，不能维持昔日般的美食生活后自杀了。瓦泰尔是因为遗憾于自己没能为主人提供完美的佳肴而自杀的。两人都是因美食而自杀，但出发点却截然不同。当然，关于瓦泰尔的自杀，还存在异说。有说他苦恋着孔代亲王的一位女仆，暗恋无果所以自杀了。我们更加愿意认为他是出于厨师的自尊而决然自绝，从而将这位具有古风气质、英雄气概的瓦泰尔珍藏于记忆里。

此一时期，随着新大陆的发现，菜品变得丰富了。可可、玉米、土豆等陆续进入欧洲大陆，这些连那狂热追求美食的罗马人也未曾尝过。求知欲旺盛的《博物志》作者普林尼关于火鸡也不曾记载一言半句。也难怪，这些食物都是至少16世纪以后才从南美洲或墨西哥用船载到欧洲去的。

法国人对于从美洲殖民地传来的所有事物，骤然表现出了浓厚的兴趣。不管餐桌如何，只要摆上玉米布丁和烤火鸡，马上显得豪华时尚起来。这种菜的价格不久就翻了好几倍，几乎赶上了黑松露。于是，也不知是哪个聪明的家伙，把火鸡和黑松露这两种昂贵食物结合到了一起。哪个地方都有精明智慧的人哪。

有说，火鸡之所以如此受欢迎，是因为拔掉毛后的火鸡和孔雀极像。不知道是真是假。罗马人尤其嗜好孔雀，如果他们看到了火鸡，大概会感动得泪流满面吧。

《口味生理学》的作者布里亚[1]也多次写过，松露火鸡的旋风一度席卷了整个巴黎城。"正是这个，一出现，即让各门各路的美食家们两眼放光、垂涎欲滴、欢喜雀跃，黑松露成为他们的幸运星。"布里亚如是写道。宫廷、贵族自不用说，从中产阶级到商店老板、马车夫，松露火鸡以传染病般的速度虏获了他们的食欲。

关于黑松露本无须我赘言，但为了让所有读者都能明白，我还是说明一下。黑松露是法国特产的小球形真菌，呈黑褐色，表面密布小凸起，生长在柏树林丛中，很难找到，采摘时常利用猪和狗的嗅觉来寻找。虽然形状有点相似，但和日本的松露完全不同。布里亚记载："最珍贵的黑松露产自佩里戈尔和普罗旺斯"，"相比而言，勃艮第和多菲内地区的黑松露坚硬无味，品质差远了。所以说松露也有三六九等"。

随着松露火鸡的风靡，巴黎人士疯狂地搜寻品尝松露。不久，市内松露变得供不应求。据说黑松露从市外运进巴黎市内时，武装护卫不离左右。虽说充其量不过是种菌类，待遇却同于要人。

在喜好菌类这点上，罗马人绝不亚于法国人。但罗马人最喜欢的是拉丁语称"bōlētus"（牛肝菌）的菌类。

1　让·安泰尔姆·布里亚·萨瓦兰（Jean Anthelme Brillat—Savarin，1755—1826），出生于法国贝莱，法国律师、政治家和美食家。

布里亚·萨瓦兰的肖像

日语中，我们叫"ヌメリイグチ"，好像和香菇比较接近。有文献记载，牛肝菌是珍馐美馔，吃过一次后就再也无法抵抗住诱惑。虽然牛肝菌和松露不同类，但普林尼又说，有种牛肝菌很像松露，这就难说了。以下就是普林尼的记载：

> 有种有毒的牛肝菌，呈淡红色，外面长霉，里面很黑，菌褶有裂痕，菌盖周边稍白，很容易识别。其他的菌类没有这些特征。干燥后，会变得和松露差不多，菌盖上有从被膜生出来的白色斑点。实际上，是先从地面生出菌包，然后像鸡蛋里的蛋黄一样，菌包里面生长出牛肝菌。被膜帮助牛肝菌幼芽摄取营养。

单凭这几句也不好说，可我总觉得普林尼可能只是从外表比较了一下两者。不管如何，我们可以断定牛肝菌和松露是截然不同的两种食物。

"虽然罗马人知道松露，但我们并不认为法国松露上了他们的餐桌。被罗马人视为珍味而垂涎不已的松露产自希腊、非洲，尤其是利比亚地区的较多。松露白中泛红，而利比亚地区的松露色味俱佳，尤受青睐。"布里亚·萨瓦兰如是记载。但至少据我所知，相比松露，牛肝菌更能抓住罗马人的味蕾。

有趣的是，罗马人以为松露具有提高性欲的功用，能够催情助性。正是因为如此，在宫廷文化绚烂的17、18世纪的法国，松露才那般受宠吧。萨瓦兰对此也持同样的看法。

萨瓦兰介绍了一则趣事。刚巧男主人要外出工作，其帅气机智的朋友获得与淑贞的中年女主人相对而坐、一起进餐的机会。料理不奢华，主菜是绝品松露配鸡肉料理。女主人也心有戒备，喝了一杯香槟就停杯了。可是男主人离座后，两人越聊越投机，不一会儿男主人的朋友便开始一本正经地表达爱意。"这个时候，我终于从梦中醒来了。"据说女主人这样向萨瓦兰坦白，"要怎么说呢，说到底还是因为松露。我真的认为是松露让我差点步入危险之境。"

好吧，也不能没完没了地讲松露，我换个话题吧。

路易十三患有毒杀恐惧症，路易十四是出了名的食量恐怖，路易十五则是个美食家。路易十五还喜欢自己下厨，有时候和来宾一起举办晚餐会，共竞厨艺。蓬帕杜尔夫人大概也参加过吧。据说罗勒炖鸡肉、蛋包饭、炸鸡蛋等都是国王的拿手菜。

而路易十六是个闻名的吃货。因为刚好遇上法国大革命，他被各种宣传册给贬损，扮演了一个很不讨好的角色。所以一说到路易十六，大家通常联想到的就是"吃货"。这著名的法国革命史上还有个小插曲：国王在出逃途中于瓦雷纳被拦截，被带到了经营干货店的市长家里。即便是在这个时候，路易十六还说要吃的，并拿到了面包、乳酪和一瓶勃艮第酒。而正当他忘我地狼吞虎咽的时候，手持王权停止之政令的使者从巴黎飞驰到了他面前。

"啊，法国从此再无国王了吗？"路易十六一声长叹，接着低声自语道："这酒，是我喝过的最好的勃艮第酒。"

路易十六是个葡萄酒爱好者，人们说他在酒的鉴定方面胜过行家，所以才会有这样的传言出现吧。吃货大王声名鹊起，也就在这个时候了。

据说玛丽·安托瓦内特王后在天气好的日子，会和侍女一起去到庭园挤奶，一挤就是几个小时。身着飘逸的美丽衣裳，坐在象牙座椅上，给喷着香水的奶牛挤奶。然后专心地用银制小型搅拌器进行搅拌，直到手臂发酸。多么优雅的挤奶女啊！

后来，革命爆发，拿破仑登场，19世纪来临。话说，从拿破仑是美食家这个观点出发进行审视的话，他好像是个几乎不值一提的男人。安东尼·克雷姆作为塔列朗公爵的厨师长，活跃在维也纳会议的幕后舞台，名盛一时，无人可及，曾经这样恶评过拿破仑："简直就是个不入流的吃货。"

不用我说，大家都知道塔列朗是外交官。他把法国料理作为谈判国际政治事务的一种手段，是个值得我们特写一笔的人物。他是那个时代一流的美食家，也是18世纪留下来的为数不多的享乐主义者。维也纳会议上，塔列朗让列国代表充分认识到了法国料理的魅力和厨师克雷姆的高超厨艺。为了使身为战败国的法国能够在外交上获胜，他利用了克雷姆的料理。克雷姆对此也心知肚明，最终和主人一道携手斩获了胜利。

18、19世纪的杰出料理人以及料理研究家，除了克雷姆，还有格里莫·德·拉雷尼埃尔和布里亚·萨瓦兰。

时代再往下走，19世纪末到20世纪，奥古斯特·埃斯科菲耶和普罗斯珀·蒙塔涅较为有名。以库尔农斯基之名写了很多美食书的莫里斯·埃德蒙·萨扬，我们也不能忘记。1928年[1]，他仿照法兰西学院创立了"美食家学院"。

好像称得上美食家的人都挺长寿，格里莫·德·拉雷尼埃尔活到了80岁，埃斯科菲耶活到了89岁，蒙塔涅活到了84岁，库尔农斯基则死于84岁，塔列朗公爵也活到84岁才去世。这到底是因为什么呢。

1　一说1930年。

格里莫的午餐会

美食学，可以说是一门化需求为快乐的学问。不吃即死，所以无论谁都要进食，但若只是为了满足胃的需求，像动物那样毫无讲究地吃，那与美食就相隔甚远了。这点和性爱相似，男女如果只是为了满足性欲而结合，那无异于动物。性爱要成立，少不了我们的想象力，还必须启动我们的反省性机能。美食也是如此。

文明进入成熟期后，正如性爱经常走向极端一样，美食也开始走上奇葩之路，倒错性的欲望和反自然的倾向开始觉醒。别误会，我并不想说一些深奥难懂的美食哲学，还是讲讲更具体的吧。比如，想想世上的美食家们赞不绝口的珍味——鹅肝。这是一种病态肝，是人们为了把鹅的肝脏养得异常肥大而强行填塞饲料的结果。虽然残酷，最终还是吃掉了，能有什么法子？我们倒是由衷钦佩，啊呀呀，怎么会想出这种愚蠢的饲养方法？

现在我要介绍一位志在猎奇的美食家。他可以说是个韬光养晦的人，喜欢做一些令人惊愕的行为，是个与众不同的、舌头刁钻的美食探求者。他就是格里莫·德·拉雷尼埃尔。一般来说，美食家都心胸宽广，拥有丰富的人生哲学，性格开朗，格里莫却截然相反。让我慢慢道来吧。

格里莫·德·拉雷尼埃尔1758年生于巴黎。据说他出生时两只手五指相连，手指之间有像家鸭那样的薄膜，指甲像兽类指甲一样尖锐。所以，他平时总是套着人造手指，再戴个手套盖住。但因为从小训练，写字作画都好得令人难以置信。有说是因为这段不幸的成长经历扭曲了格里莫的性格。

父亲是旧制度下有头有脸的征税代理人，家财万贯，虽然出身低微，却娶了个正统的贵族女儿——奥尔良的主教侄女。这位母亲仗着自己出身高贵，心高气傲，自尊自大，待人冷淡。只对美食感兴趣，对儿子不管不问，也瞧不起暴发户丈夫。格里莫从小到大，尽管物质生活上富足无忧，却缺少了父母亲的疼爱。有人说，后来他成为狷介的韬光养晦之人，有家庭环境的影响。唯独一点，他遗传了父亲对美食的兴趣。家人对他冷漠是冷漠，但对味觉的教育却是一流的。传闻父亲是因为鹅肝消化不良而死，可见在当时是个极致美食家。

格里莫·德·拉雷尼埃尔的肖像

家里举办豪华的晚宴时，少年格里莫会故意穿着做工粗糙的衣服，穿梭在精心打扮的贵族、贵妇人中。为了嘲弄父亲的暴发户趣味和母亲的贵族趣味，他甚至做出一些呆傻的行为，让父母亲难堪。和格里莫握手的人才更悲催，他会用与生俱来的尖锐的指甲紧紧扣住对方的手掌，直到出血。用餐时，他会毫无忌惮地放开喉咙高声点菜。同桌的人心有不悦，但他旁若无人。事实上，他很年轻时就对饮食有相当高的见识，几乎天天都会驾着父亲赠送的带篷的华丽四轮马车，去巴黎的中央市场，亲自挑选食材食品。这是他的兴趣。

　　格里莫开始名声大噪起来是他在父亲的宅邸里定期主办午餐会之后。当时还没有午餐会的习惯，大家习惯在自家里简单地用餐。把午餐弄出规模来，可以说是格里莫的发明。格里莫举办的午餐会从正午开始，长达四个小时。

　　格里莫午餐会名声渐高，上流阶层人士也争先恐后地想要来列席会餐。性情乖戾的格里莫偏偏将他们拒之门外。他自称是"民众的拥护者"，十分讨厌贵族，午餐会只邀请平民阶层的知识分子，比如穷律师、文学家、演员。何止呢，有时他甚至会叫上仆人、乞丐。这在大革命前的法国，简直是破天荒的事情。忘交代了，格里莫对外宣称自己也在学习法律。

这个午餐会被称作"哲学性的午餐会",一周举办两次。菜谱也十分奇怪,有时只有白葡萄酒,有时只有红葡萄酒,有时又只有鱼肉,还有从头到尾只有牛肉的时候。会餐者估计心怀不满,但这是"哲学性的午餐会",抱怨也没用。还有咖啡必须喝十七杯以上的规定,喝不够十七杯的要被驱逐出门。听说有人喝了三十五杯,也是奇了。江户时期的随笔中,也有某某贪食奇怪之物的记录。看来世界各地都有同道人。

格里莫·德·拉雷尼埃尔策划的飨宴中,最为奇葩、最让人瞠目结舌的是1783年2月1日的宴会。法国革命爆发的六年前,正是山雨欲来风满楼的时代。波德莱尔曾说过"色情书为法国大革命做了准备",格里莫的飨宴或许也可以这样说。总之,它成为载入饮食史的一个事件。

某日,住在巴黎的二十二个人接到了酷似死亡通知书的邀请函。内容如下:

　　诚邀阁下参加2月1日由格里莫·德·拉雷尼埃尔举办的丧礼晚宴。晚上九点如能迎来诸位,晚餐十点开始。主办者将安排足够的仆人待命侍奉,请阁下勿带侍从。猪肉和食用油也会准备充分。持本邀请函方能入场,否则断然拒之。

宴会场所依旧是在格里莫父亲的宅邸。所以至少从宴会当天、2月1日的早晨到深夜，得把父母亲赶到另外哪个地方去。格里莫想了一计。他知道父亲非常害怕打雷，所以告诉父亲晚宴上会放烟花助兴，到时将声大如雷鸣。父亲一听，吓得赶紧逃出去了。对母亲，他则说，今天邀请了中央市场的卖鱼女，到时她们肯定会向母上大人问候。一想到要被一身鱼腥味的女人们亲吻问候，母亲也吓得立马跳上马车跑到郊外的别墅避难去了。于是，宽敞的宅子里只剩下格里莫，他可以随心所欲地大干一场了。父母亲一离开，格里莫马上叫来三百个室内装修师傅、木匠、糊墙纸师傅，把家里里里外外重新装饰了一遍。

九点一到，客人们陆陆续续地到来。这时，穿着制服的守卫向他们发问：

"阁下是民众的压迫者，还是民众的支持者？"

不用说，如果回答前者，就不能入内。客人们首先被带到武器室，墙上挂满了剑、短刀、手枪。十个穿着15世纪盔甲的传令官手握小号并排站着。

接下来来到一个贴着红色壁纸、光线幽暗的房间。两匹青铜制造的怪兽口吐火焰，照得整个房间半明半暗。一名手执利剑的战士站在那儿问："阁下有接受考验的勇气吗？"

客人们回答说有勇气，接着便被带到下一个房间。这个房间布置成了法官的办公室，桌子上摞了一堆材料、账本什么的。身着法官服的法官站在桌子一侧，一脸严肃地对着客人们，要求呈报职业和身份。客人们必须一一作答。

然后，终于进入最后的一个大客厅。一般的大客厅会有明亮的吊灯，这个偌大的房间里却站着几具令人惊悚的骷髅，只有四支蜡烛在那儿摇曳。两名曼陀铃演奏者，弹着阴郁悲哀的曲子。格里莫站在房中央，热情地迎接客人。格里莫旁边站着漂亮的歌剧院舞女苏珊。苏珊是格里莫公开的情人，格里莫举办这次奇葩的宴会就是为了她。

没过多久，用餐准备就绪的钟声响起。这钟是教会举办丧礼时鸣的钟。趣味真可谓是恶俗到了极点。格里莫挽着苏珊站在队列的前头，大家步履轻盈地沿着走廊鱼贯而行。钟声一次又一次地鸣响。一行人到达食堂，幕布骤然升起，精心准备好的餐桌出现在大家眼前。食堂的壁纸是清一色的黑色，几支蜡烛影影绰绰，布置得和遗体告别仪式别无二致。餐桌是安放灵柩的灵柩台，餐桌上的杯子是骨壶。虽是如此，食物却极尽豪华，一道道山珍海味不断地端上桌来。等到第五道菜猪肉上桌后，格里莫大声地向来宾宣告：

"这个猪肉，是从蒙马特街我父亲老家的格里莫猪肉店订购来的。"

客人们顿时哄堂大笑。我给大家介绍一下，作为征税代理人而发家致富的格里莫父亲，原来是猪肉店的儿子。格里莫特意当着客人的面揭露父亲的身份，意在嘲弄父亲。当然，格里莫并不是蔑视卖猪肉这个行业，而只是嘲笑父亲明明出生成长在猪肉店却装作贵族样。

还有意思的是，大家用餐的食堂的夹层包厢里，特别设置了观看席。仅仅是为了观看别人用餐，竟有三百位观众获得特别许可，在这里你拥我挤地围观。倒也是，这可是前所未闻的豪华场面，大家觉得有围观的意义吧。话虽如此，像看演出一样地观看别人吃吃喝喝，我还是觉得有点荒唐无稽。

伺候用餐的是肌肤裸露、装扮成海胆模样的少女们。可到了甜点上桌时间，仆人们又变成了殡仪馆的男士。紧接着蜡烛一下子全灭，食堂变得漆黑一团。烟花绽放，墙壁上出现幽灵般的幻影，时隐时现。耳边传来阴沉的锁链声和呻吟声。

会餐者开始感到毛骨悚然，盼着这样的演出赶紧停了吧！正当此时，房间又亮了起来。让人惊讶的是，遗体告别仪式般的幽暗氛围，突然变得富丽堂皇起来。墙壁上画满了色彩鲜艳的奇花异草，餐桌上的鸟笼里，小鸟发出了悦耳的啾啾声。仆人们也换上牧羊人的装扮，为会餐者端来了冰激凌。演出精彩绝伦，气氛一下子由暗转明。作为格里莫的助手，担任本次会场演出的是喜剧演员杜加森。

翌日凌晨四点，这场惊世骇俗的大宴会终于成功地落下了帷幕。天明后回到家的双亲，不久也从流言蜚语中听到了关于这场宴会的前前后后，估计吓得失魂落魄了吧。

除1783年2月的大宴会外，格里莫还举办了几场奇特的晚餐会和午餐会，比如"经济学家的午餐会"。在这场仅邀请了农业和商业专家的午餐会上，最开始只端出各种面包和啤酒。没办法，客人们只能以此果腹。实际上，在另外一张桌上还准备了豪华的宴席，而这些经济学家们已经被面包和啤酒撑饱，再不能进食一口。格里莫就在客人们眼巴巴地注视下，独自享用了丰盛美食。据说还有一场1784年2月举办的"古代风宴会"，为了模仿还原罗马的盛宴，会餐者手如果沾上了油，不用餐巾擦，而是在赤身裸体的美少女头发上擦拭，头发还喷了香水。

我前面讲过，格里莫作为反感贵族的激进主义者，形象深入人心。大革命爆发后，他的革命热情却急剧降温了。这是司空见惯的现象。当然，因为他有很多革命家朋友，虽然父亲是征税代理人，还是相安无事地躲过了恐怖政治的狂风暴雨。不过，他好像对革命颇有意见，后来他回忆："不幸的大革命时代，中央市场里都看不到一条像样的比目鱼。"百年一遇的美食家才会这样坦言回忆吧。

革命告一段落后，格里莫的巨额财产变得所剩无几。但他对美食的欲望依旧炽烈。那怎么办呢？这时，他想到了一个主意能够以最低的费用品尝饕餮美食，即创办定期刊物《食通年鉴》。这份刊物说起来就是餐饮店的指引书。其时在巴黎，新的布尔乔亚阶级正蓬勃发展，《食通年鉴》受到了很多人的青睐。得知格里莫的个人意见能影响销售额后，商人们也变得无法忽视它的存在。

《食通年鉴》发刊的同时，格里莫还组建了由十二名委员构成的"味道审查会"，他本人亲自担任终身书记官。每周，委员们聚在一起，对在巴黎或其他地方贩卖的食物品质进行评议。这就是"味道审查会"的目的。评议的结果发表在《食通年鉴》上。于是乎，法国各地的佳肴美味络绎不绝地送到了格里莫的家里，因为全法国的美食店都希望格里莫能试吃一下自家的东西。松露火鸡、家鸭肉馅饼、牡蛎、葡萄酒等源源不断地从卡奥尔、佩里戈尔、图卢兹、康卡尔、兰斯等地送来。用最低的费用品尝最美味的食物，格里莫如愿以偿了。

如此这般，格里莫作为君临法国的美食帝王，春风得意了近十年。然而，1812年的某日，一件意想不到的事情一下让他名声坠地。

有位厨师对《食通年鉴》的差评很不服气，要找"味道审查会"评理。进门时虽被门卫阻止了，还是强行气势汹汹地闯进了审查室。出现在厨师面前的是一幅怎样的光景呢？审查室貌似兼用作食堂，只见格里莫独自一人坐在餐桌旁，不见任何其他人。桌上虽然摆了十二副刀叉，只有格里莫一人在吃。厨师惊呆了。

十年前审查会成立时，可能真有十二人聚齐一起试食。不知从什么时候开始，审查会变得名存实亡。即便如此，格里莫掩盖住事实，依旧定期刊行《食通年鉴》，让人以为审查会还续存着。审查会以前是一周一次，委员们聚在一起，一边试食一边评议，而格里莫居然一日四次地召开一人审查会，疯狂贪食着来自全国各地的山珍海味。这算是一种惊人的执念呢，还是一种神秘性情呢，总之我们不能用惯常思维去理解他。

丑闻不胫而走，商人们把格里莫告上了法庭。格里莫彻底失去了信用，被迫离开巴黎。晚年，他在奥尔日河畔的城堡里安静地度过余年，享年八十。据说他去世

格里莫主办的"味道审查会"

前还有着旺盛的食欲，只是好像吃完后就浑身乏力。

世间流传着一则非他莫属的逸话。说他晚年生活的城堡里，养了一头肥硕的猪。他很喜欢这头猪，总和它一起进餐。因为此时能够陪他用餐的只有猪。猪坐在上座，脖子上围着餐巾，吃着黄金餐盘里的食物。"我爱着这头猪，"格里莫说，"因为它是百科全书式的存在。"他和年轻时忤逆过的猪肉店出身的父亲，或许已经和解了吧。

意大利狂想曲

库尔农斯基是 20 世纪最著名的法国美食家，写有多部美食学著作，闻名遐迩。一天，我偶然翻阅他的《美食的欢乐》，发现其中引用了皮埃尔·戈蒂埃的《比安卡·卡佩洛的一生》。哈哈，我对这本书有点印象，翻了一下书架，果不其然，找到了。1928 年，正是我出生那一年出版的书。好多年前，我请巴黎的旧书店给我邮寄回来的。

虽然不是什么值得炫耀的贵重书，不过现在要入手一册怕是很难了。关于那个臭名昭著的恶女比安卡·卡佩洛所在的、梅迪奇家族统治时期的意大利贵族的饮食生活，这里面有不少记录，确实值得一读。现在，我就来介绍一下吧。

有些读者或许不了解比安卡·卡佩洛，我简单介绍一下她的生平。她 1548 年出生于威尼斯的一个富商之家，十五岁时和恋人私奔到佛罗伦萨，开始规规矩矩地过日子。偶然的机会，被比她大七岁的托斯卡纳大公弗朗切斯科看上，不久就成了他的情人。前男友虽也被提拔成了宫廷大臣，但大概是被大公和比安卡共同谋杀了。大公和奥地利皇帝的女儿约翰娜结了婚，可仍然迷恋比安卡的美貌，冷落妻子。约翰娜死后第二年，比安卡成为正式的大公妃。

坊间传言说约翰娜是被比安卡毒死的，所以比安卡被冠上了"魔女""妖妇"之类的恶名。

大公性情古怪，一点不亚于比安卡。年轻时，就熟练掌握了西班牙语、法语、德语、希腊语和拉丁语，还是个经常引用荷马的好学者。他对化学、植物学、炼金术也有一定的研究，在宫廷一角建了工房，沉迷于制造仿制宝石和玻璃器的实验。总之，他是个博学的艺术爱好者，是出色的艺术、技术保护者。在 16 世纪，这样的君主不少。

岂止如此，大公还是个少见的药物爱好者，据说他最大的乐趣是在实验室调制毒药。这给身边人带来了一些小麻烦。不只是身边人，对他本人的影响也非同小可。

据当时的目击者记载，这位托斯卡纳大公弗朗切斯科因为长年饮食失调而憔悴，也因为生活在阿诺河畔的、气候欠佳的佛罗伦萨，经常患感染病，呻吟不止。

于是，为了恢复衰弱的身体，大公喜欢饮用他亲自发明的长生不老药、药用糖浆、混有矿物粉末的银水等药效不明的药物。他还常用一种叫作矾油精的东西，相当于我们现在说的浓硫酸，简直是胡来。有一种叫粪石的东西，是发现于草食动物肠道内的半有机质、半矿物质的结石，当时的人认为它有解毒的功效，大公就曾把它碾成粉末喝了下去。

有趣的是他的饮食生活，其讲究之程度，值得我们一探究竟。他喜欢吃容易引起便秘的、香料味道很浓的馅饼类。加有生姜、核桃、肉豆蔻、丁香、胡椒等所有种类香料的派是他的最爱。剁得粉碎的阉鸡的肝脏、野鸡、鹧鸪、山鹑肉和蛋黄、砂糖粉、藏红花粉拌在一起的东西也是他的常食之物。然后不分餐中餐后，一口气干掉几个含有西班牙红辣椒的鸡蛋味布丁。吃过难消化的蔬菜：印度的大蒜、生洋葱、青葱、黑胡椒、韭菜、薤白、芥末、莴苣、朝鲜蓟、刺菜蓟（这也是朝鲜蓟的一种）、西芹，马其顿地区的荷兰芹、细叶芹、芝麻菜、印度的水芹等，再吃栗子、梨子、蘑菇、松露，最后把所有种类的起司吃进去。

我们今日，如果是在大都市的餐厅里用餐，吃上这些东西也不足为希。可是在产业、交通不发达的16世纪，要配齐如此丰富的香辛料和蔬菜，需要付出相当大的劳力和财力。

其次是酒。大公喜欢喝烧喉咙的烈性葡萄酒，品尝过希腊的葡萄酒、西班牙的葡萄酒、莱茵的葡萄酒、"基督的眼泪"（意大利维苏威火山近郊产的葡萄酒）、麝香葡萄酒、法国朗格多克的白葡萄酒、塞浦路斯岛产的葡萄酒、克里特岛产的玛尔维萨。餐桌上还有阿根廷的里瓦达维亚、意大利的科西嘉岛等地的名酒。

为了补充营养，也为了通便，当时常用方法是洗肠，但大公很讨厌洗肠，于是服用自制的药丸。因为经常饮用烈性酒，咽喉和口腔内有热气，舌头也伤了，大公就在口中放入两颗冰镇过的水晶球，在脸颊内侧滚来滚去。这情形实在让人忍俊不禁。还有，为了冷却床上用品，在床上放装有冰块的热水袋（用热水袋冷却，听起来有语义冲突，找不到其他合适的译词，姑且这样说）。

说到冷却，大公喜欢待的佛罗伦萨郊外的普拉托利诺离宫里有利用喷水构造的神奇装置。1580年11月，法国作家蒙田参观了这里。其《意大利之旅》记载：

　　城内的一个大客厅里有张大理石桌子，六张椅子。坐在椅子上，揭开带环的大理石盖子，会发现桌子下面带有水槽。六个水槽里都有冷水涌出来，饮酒者可以坐着冷却自己的酒杯。桌子中央有个大水槽，可以把酒瓶放在这里冷却。

蒙田继续写道：

> 我们还发现了一个巨大的地下仓库。这里面，终年都储藏有大量的雪。雪堆在金雀枝上，雪上面盖着蒿，堆成金字塔形，整个像是一间小库房。

从以上记述可知，佛罗伦萨的宫廷中，雪是常备之物，可随时供应。所以身体上火想降火的大公一年四季都随心所欲，想用就用。

喷水的构造，其实就是希腊和拜占庭也曾运用过的水力学原理。如果只是用管道给桌子下面的水槽送水，那借助简单的结构就能实现。不过，其中有的被设计得很复杂。比如仅就餐桌而言，那个时代有过"空中飞的餐桌"这样脑洞大开的设计。宴会进行时，餐桌不断上升，餐桌下面则冒出另一张餐桌。不用我说，新冒出来的这张桌子满载着餐后甜点。

托斯卡纳大公弗朗切斯科和第一任妻子约翰娜生有一个女儿，叫玛丽·德·梅迪奇。据说1600年，在她和法国亨利四世的订婚宴上，也出现了这种"空中飞的餐桌"，让列席者目瞪口呆。

戈蒂埃的《比安卡·卡佩洛的一生》中记载，1587年，大公和比安卡在离宫死于中毒，原因不明。

这天，狩猎结束，晚上是盛大的庆功宴。聚集在佛罗伦萨离宫的有大公和以大公的弟弟斐迪南枢机卿为首的猎友会成员。当然，比安卡作为女主人，也活跃在宴会中。宴会气氛表面上看起来其乐融融，实际上各藏心机。因为大公和他弟弟是迟早要一决雌雄的仇敌。会餐者一边用余光瞥邻座者的碟子，一边小心翼翼地用餐。

大公弟弟斐迪南枢机卿戴着指环，指环上的宝石有神奇的力量，接近毒物就变色，变得暗淡阴沉。他总是目光不离指环。

比安卡制作的点心端上来了，大公请弟弟一定要尝尝。斐迪南踌躇不定，含糊其辞。因为指环变色了！

"怎么，大家都没有勇气来一口吗？既是这样，我先吃一口给大家瞧瞧。"

说完，大公捏起一大块，瞬间就塞进了口里。比安卡见此，脸霎时变得苍白，感到恐怖和绝望。因为这是她制作的有毒点心，打算让小叔子吃的。万念俱灰的她随后也吃了点心，追随丈夫而去。

相继倒下的两人，在地上翻滚，发出苦闷的呻吟。斐迪南下令禁止任何人进入餐厅，甚至表示如果谁出手相救，将毫不留情地手枪伺候。他在拖延时间，等待毒漫全身的时候。会餐者们也一言不发地冷眼看着这凄惨的光景，无人敢违抗枢机卿。

《太平记》有言："说书先生之吹嘘，总似亲眼所见。"戈蒂埃这部分的描写真是如此。至少现在的历史学家得出的推断是，毒死大公和大公妃的是弟弟斐迪南。

即便比安卡嫌疑很大是事实，这也和对她抱有反感的人故意散播流言，和她"魔女""妖妇"的坏名声不无关系。总之，托斯卡纳大公弗朗切斯科和比安卡一死，斐迪南就坐上了第三代托斯卡纳大公的宝座。斐迪南一方流播出来的说法自然占据统治地位。所以，比安卡长久被污名成毒杀魔。

话说，16世纪的意大利频频发生罪犯不明的毒杀事件，这在今人看来多得简直不可思议。16世纪可谓是毒杀的世纪。

前面提到玛丽·德·梅迪奇，这个弗朗切斯科遗留下来的女儿，在和法国国王亨利四世结婚前，亨利四世美貌倾城的老情妇加布丽埃勒·德·斯特雷突然死在了佛罗伦萨出生的一位资产家家里。具体说是，怀孕九个月的加布丽埃勒在资产家宅邸里吃了柠檬样的柑橘类（一说不是柠檬，而是沙拉或是鱼），三天后产下一个死婴，抑郁而死。19世纪的历史学家推断，这个怪死事件也是杀死兄长和比安卡继而登上大公宝座的斐迪南命人捏造出来的。因为加布丽埃勒是侄女玛丽·德·梅迪奇成为法国王后的绊脚石。

再说回玛丽·德·梅迪奇，她成为法国王后后，吃尽了苦头，最终如何去世也是个谜。玛丽小时候受到耳濡目染的影响，对佛罗伦萨的炼金术师和魔术师都抱有亲近感，也习惯使用毒物。晚年，一只脚出现坏疽，疼痛不已，她成功利用毒物止痛了。后来死于德国科隆，据说是在这里坏疽复发，她吃了用于治疗的腐蚀药，可能是腐蚀药混进了食物。是故意还是偶然，是毒杀还是事故，谁都不清楚。

腐蚀药属于化学药品，那个时代死于化学药品的极其少见。从古代传承下来的毒药几乎都是植物，而且原材料主要是乌头、毒人参、罂粟、菇类，从动物身上提取出来的毒药相对来说少之又少。动物性毒药中，尤其在16世纪用得较多的是海兔。关于这个，我解释一下吧。

被认为对圣巴托洛缪大惨案负有责任的法国国王查理九世，自从这个恐怖大惨案之日以后，夜不能寐，噩梦缠身，变得神经衰弱，不久就死于母后卡特琳·德·梅迪奇怀中，年仅二十四岁。这是1574年的事。也有人说，他是被母亲毒死的。其理由是，卡特琳为了确保她最爱的儿子老三（后来的亨利三世）夺得王权。当时好像也有不少风言风语。传记作家布朗托姆神甫记载,查理九世被母亲灌下"能够让人长期憔悴,然后像烛火熄灭一样绝命的海兔角"的粉末。

究竟这种海兔是怎样的动物呢?必须要引用一下老普林尼的《博物志》,其第九卷第四十八章记载:

> 生活在印度海洋的海兔,只要一接触,马上就会引发呕吐和胃部不适。海洋里的兔子呈丑恶的球形,和陆地上的兔子只是毛色相近而已。印度海洋的海兔和陆地兔子大小差不多,只是毛更加硬点。另外,不能活捉。

《博物志》第三十二卷第一章记载:

> 令人惊讶的是关于海兔的传说。有的人如果喝了或是吃了海兔会中毒,而有的人只要眼睛看到就会中毒。为什么呢?因为如果是孕妇看到雌海兔,只要看一眼就马上想要呕吐,然后流产。作为预防中毒的方法,可以用盐腌制雄海兔,使它变得僵硬,然后镶进手镯里随身戴着。

恐怕读者们就算是读了普林尼的这段记述,仍然不知道海兔是怎样的动物。因为说雌海兔有毒，而雄海兔可以解毒，真是奇妙的动物。直截了当地说吧，被称作海兔的这种海产动物按照林奈分类法，属于腹足纲后腮类无脊椎软体动物的一种雨虎。退潮时，我们如果在岩石裸露的海边赶潮，可以在水中发现一些生着触角、软乎乎的像是蜗牛化身的、长得也不怎么好看的动物。这就是雨虎。

这个雨虎，为什么偏偏被形容成大海里的兔子呢？这个问题太难了，我们也理解不了。至少在我们看来，两者根本没有相似点。不管怎样，继古希腊的迪奥斯科里斯[1]和古罗马的加伦[2]以来，很多博物学者都称之为海兔。16世纪的布朗托姆神甫记述，查理九世被母亲强灌下海兔角的粉末，想想，雨虎确实有触角。原则上不能说这个记述是错的。

老普林尼记载，栖居在印度海洋的海兔长着像兔毛一样的毛。不会吧，找遍所有海洋，也找不到这样的雨虎啊。

本来是要写梅迪奇家族的饮食生活和毒药嗜好的，写着写着偏离主题了，请海涵。

1　古希腊医生、药理学家、植物学家，被誉为"药理学和药草学之父"，著有《药物学》。

2　古罗马时期最著名最有影响的医学大师，也是哲学家。

克利奥帕特拉与德塞森特

克利奥帕特拉和珍珠的故事太有名了，似乎不必要特意介绍。但是，真是如此吗？我们在这重温一下，绝不是浪费时间。因为这个人尽皆知的传说中，既蕴含了我们容易忽略掉的真理，也包含真假难辨的细节。

克利奥帕特拉女王统治时期的亚历山大城是地中海世界最富裕的优雅、豪奢、倦怠之都，世界上的所有财富都源源不断地运进这个港口城市。非洲的象牙、黑檀、金、香料，希腊本土的油、葡萄酒、蜂蜜、腌制的鱼，等等。还有很多商船从遥远的印度航行而来。海港入口处，被誉为世界七大奇迹之一的法洛斯灯塔为进进出出的船舶指明方向——关于克利奥帕特拉的各种传说，就在这个国际大都市亚历山大城市民之间传播，流传后世。

当然，莎士比亚等后世作家多有从中取材的普鲁塔克[1]的《希腊罗马名人传》，里面根本没有言及克利奥帕特拉和珍珠的故事。第一个记载这个传说的大概是罗马皇帝尼禄时代著有史诗《法尔萨利亚》的卢卡努斯，尽管这个传说被认为纯属诗人虚构，不能当真。

有一天，克利奥帕特拉和安东尼坐在豪奢的餐桌旁用餐，因为一件事发生了小小的口角。安东尼本是一介兵卒出身，思想单纯，对什么都容易激动。这天，他一边大快朵颐，一边不停地赞叹："好吃，好吃！"然而，克利奥帕特拉出生于拥有四千年灿烂文明的埃及，心高气傲非同一般，又喜欢挖苦人，还有点鄙夷这位新兴国罗马的将军。面对这位动辄感叹"好吃，好吃！"的单纯男，她心里有点不愉快。

"这种菜，没什么好赞叹的呀。在这个亚历山大城大都市，只要将军喜欢，一碟千万塞斯特蒂（大约相当于一百万日元）的菜都可以满足您。"

"真的吗？女王陛下可不能开玩笑。再怎么样，也不会有值千万塞斯特蒂的菜吧。"

"不，真有。太阳神拉的女儿会瞎说嘛？"

于是两人赌上了。可是，第二天，克利奥帕特拉准备的食物看起来和平常并无二样。安东尼以为胜券在握，

---

1 罗马帝国时期希腊传记作家、伦理学家。

正要开口问价。克利奥帕特拉嫣然一笑：

"将军慢点用，还有甜点呢。"

甜点来了，是一杯醋。克利奥帕特拉从一只耳环上摘下一颗大粒珍珠，满不在乎地扔了进去。眼看着珍珠冒出白泡，很快就溶了。她端起杯子，一饮而尽。

"这颗珍珠是托勒密家族传承下来的宝贝。据说是东方的国王呈献来的，可算是世界上独一无二的财宝。这里还有另一颗……"

说着，克利奥帕特拉打算取下另一只耳环上的珍珠。当时担任赌局裁判的是凯撒大帝时期以来的老臣普朗库，他慌忙挡住了女王的手。故事就是这么简单，再怎么添枝加叶也不外乎如此。

不过，这个故事中，一般认为有两个地方可疑。第一，醋溶解不了珍珠；第二，如果是足以溶解珍珠的强酸，人不可能喝得了。此处我想说的是，虽然这个故事从科学性来讲显然是荒谬无稽的，但却有着吸引人的神奇力量，还成为一种故事模板，流传后世。也就是说，后世还有类似的故事。

接下来的这个故事和格雷欣有关。说到格雷欣，大家必然想起那个有名的格雷欣定律——"劣币驱逐良币"。就是发现这个定律的格雷欣。

格雷欣是伊丽莎白女王的财务顾问，是 16 世纪英国屈指可数的金融专家，有着强烈的爱国心。他听说当时英国的强劲对手国西班牙的大使总爱炫耀祖国的腓力王多么富有，很不服气，想着哪天一定要让这个西班牙大使见识一下真正的富有。

机会来了。恰巧这天，格雷欣斡旋为英国商人建立的皇家外汇交易所举办开所仪式，伊丽莎白女王也莅临了。格雷欣率先举起杯子，号召为女王陛下干杯，说这杯葡萄酒里掺混了价值一万五千英镑的珍珠粉末。西班牙大使站在旁边，一听这话，惊得不敢呼吸，冷汗直流，差点晕倒。亲眼看到区区一个商人，为了祈祷君主的健康，竟然吞下去一大笔财产，能不震惊吗？于是，格雷欣彻底解气了。

伊丽莎白时期的剧作家托马斯·海伍德在剧本《不识我者识谁》中提到了这个小故事，台词如下：

"一万五千英镑一击成为砂糖代用品，格雷欣以珍珠为女王陛下干杯！"

或许，这个故事在当时是大街小巷的谈资吧。《游戏的人》的作者约翰·赫伊津哈在解释"夸富节"的时候，还引用了克利奥帕特拉和珍珠的故事。可见故事已经流传后世，家喻户晓。顺便说一句，夸富节是北美印第安人在庆祝宴会的时候，故意在客人面前摔碎贵重财物以彰显大方的一种习俗。

喝下含有珍珠的葡萄酒，也就意味着破坏珍贵物品，即扰乱价值，从而给予精神上一种强烈的刺激。如此乍一看，人类在不饿的时候，似乎是在与味觉本身无关的方向上追求美食。从广义上讲，这也可以看作是人类的游戏性之一。

或许，人类的游戏性和美食有着不可分割的关系，我写这本书时也容易动不动就偏离实质性的饮食话题，朝着游戏性的方向发展。

佩特罗尼乌斯的《萨蒂利孔》第二章生动描写了获释奴隶暴动后猥亵杂乱的大盛宴。其中频频出现仿制菜，即用别的食材制作的以假乱真的菜品，多到令我们咋舌。

罗马人竟是如此地喜爱仿制菜。总之，大盛宴的主人这样说：

"我家的厨师，价值无与伦比。如您希望，他可以把母猪的子宫做成鱼，把肥肉做成鸽子肉，把猪腿肉做成山鸠，把猪后脚做成鸡肉。所以我给他取了个很气派的名字——'代达罗斯'。"

欧洲人如今也喜欢用装饰蛋糕、巧克力仿制其他东西，做得能够以假乱真。或许，这是欧洲人深入骨髓的现实主义精神的体现呢！因为日本料理和日式点心的装饰性，不管如何精益求精，也不会朝着现实主义方向发展。

说起美食中的游戏性，我头脑中首先浮现的是法国于斯曼的小说《逆天》里的主人公德塞森特。德塞森特兴趣爱好很广，从文学、绘画到宝石、香料、园艺植物等领域都颇有造诣。比如，在味觉领域，他还发明了"嘴巴的管风琴"。

什么是"嘴巴的管风琴"？简单说，就是用舌头弹奏的管弦乐。德塞森特家的食堂里，整整一面墙摆满了小酒桶，酒桶上分别装有龙头，主人可以自由自在地对所有的酒进行搭配调制。他认为，每一种酒的味道对应一种乐器的音色。所以，他可以随心所欲地打开龙头，滴一滴或两滴到小杯子里，然后用舌头细细品尝。这感觉就像音乐飘入耳朵。

"比如，柑香酒好比单簧管，音色圆润中略带尖锐；茴香酒好比双簧管，音质洪亮却略带鼻音；薄荷甜酒和茴香甜酒如长笛一般甜美而辛辣，柔和却略显刺耳；而樱桃酒则扮起了小号的角色，使整个乐队更为完整；杜松子酒和威士忌如直升式活塞短号和长号般震撼，麻痹味蕾；希俄斯岛的拉克茴香酒和乳香酒如同钹和鼓一般在口腔轮流发出雷鸣般的敲击声；白兰地则在口腔内激起电光火石，发出大号般震耳欲聋的响声。"[1]

这样，他继续浮想联翩，继而编成了舌尖上的弦乐

1　［法］若利斯·卡尔·于斯曼著，尹伟、戴巧译：《逆天》，上海文艺出版社，2010年，第43页。

四重奏团。小提琴好比陈年烧酒，中提琴如朗姆酒，大提琴是开胃酒，低音大提琴是苦味酒。如果将这些烈酒混合着一股脑倒进口中，舌头即刻就会麻痹掉吧。

德塞森特还复活了18世纪格里莫·德·拉雷尼埃尔癖好的阴惨趣味，举办"丧宴"。

餐厅里装饰着黑色挂毯，庭院里撒上石炭粉，水池里盛满墨汁，假山上种的全是松柏。餐厅里面，餐桌上铺着黑色的桌布，摆放着盛有堇菜和松虫草（两种都开紫色的花）的花篮，蜡烛灯火照亮室内。当管弦乐奏起丧礼进行曲时，全身涂得黑不溜秋的裸体女子开始为客人们上菜。总之，一切都是黑的。

那么，"丧宴"的会餐者品尝的是什么菜肴呢？难道菜肴真的全部是黑色的吗？我们看一下于斯曼小说里的描述吧。

"客人们用饰有黑边的盘子用餐：有甲鱼汤、俄罗斯黑麦面包、土耳其熟橄榄、鱼子酱、腌鲻鱼子、法兰克福熏火腿，还有各种佐以甘草汁色或漆黑的调味汁的野味、松露浓汁、琥珀色的巧克力奶油以及布丁、油桃、浓缩葡萄汁、黑莓、长柄黑樱桃。客人们用颜色忧郁的杯子，饮用产自利马涅和鲁西永地区的葡萄酒，产自特内多斯岛、佩弗亚斯溪谷的波特酒；在品尝了咖啡和健胃核桃酒之后，还享用了俄罗斯的克瓦斯清凉饮料、黑啤和特浓黑啤。"[1]

真不简单，汇聚了这么多全是偏黑系列食材制作而成的菜品，想必费了一番苦心。换作日本的话，暂且只能想到海苔和黑芝麻吧。而且黑色食品不一定给人阴惨的印象，所以要举办日式"丧宴"的话，必须另立标准。

这个暂且不议，德塞森特的这种奇异的饮食生活时间一长，导致身体出现异常。体力明显下降，神经受损，肠胃不适，嗝打个不停，最后竟什么都吃不了了。这个时候，在医生的建议下，他开始采用蛋白胨灌肠剂。

在医生推荐这种疗法时，他不禁觉得陶然自得。因为他觉得自己长期以来梦想的人工饮食生活，虽然并非本愿，现在却到了极端的实现阶段。恐怕，再不能把这种人工生活往前推进了吧，用这种方式摄取营养肯定是人类所能践行的变相生活的极致，他认为。

也就是说，德塞森特陷入了一种奇怪的妄想：美食的极致是灌肠方式的营养摄取。他抱着一种幻想：自己多年来孜孜追求的"逆天"的生活理想，不是从食道咽下食物，而是从肛门吸收滋养物。

到了用餐时，餐巾上会准备一台巨大的灌肠器。德塞森特就像在餐馆看菜谱一样，打开医生开的处方贴，

1　[法]若利斯·卡尔·于斯曼著，尹伟、戴巧译：《逆天》，上海文艺出版社，2010年，第11页。有改动。

双眉微锁，开始读处方：鱼甘油20克，牛肉汤200克，勃艮第酒200克，蛋黄一个。"因为胃不好，他从未对烹饪艺术正儿八经地产生过兴趣，但就像做梦一样，他惊讶地发现，自己开始思考这种混合食物的事情了。"[1]于斯曼这样写道。

当然，直肠的黏膜不同于舌头，没有味觉，也没有办法品尝食物。所以最终，可以说这是憧憬人工生活的奇葩男的妄想，也没有必要再对它做过多思考了。只不过，我觉得有趣的是，在美食学上被德塞森特奉为模范的、18世纪美食家格里莫·德·拉雷尼埃尔对灌肠也有过一段记述。

我前面讲过，格里莫在法国大革命后，刊行了《食通年鉴》，博得名望，在交际上可谓是个左右逢源的人物，对宣传活动极为热心。在这点上，可算是现代风潮的先驱者。他一边发行《食通年鉴》，一边为香料商、印刷业者、花店、木材店、眼镜店、医疗器具店、医生等刊载宣传广告。也就是说，在自己的杂志上做广告，让商人出广告费。在媒体还不发达的19世纪初，持有这种创意的人应该寥寥可数。

由此，格里莫将美食学和灌肠结合起来，给灌肠器

1 〔法〕若利斯·卡尔·于斯曼著，尹伟、戴巧译：《逆天》，上海文艺出版社，2010年，第194页。

商家写了一段广告文：

> 作为药物也好，作为餐前酒也好，美食家们想得到灌肠器关照的情况经常有。净化体内本应该是小菜一碟，可灌肠器的使用却麻烦透了。就因为这个原因，很多人都放弃使用灌肠器，结果患上本来顺利使用灌肠器就能避免的疾病。不过，现在好消息来了！锡器商鲁塞尔氏发明了一种新型灌肠器。操作非常简单，迄今让我们痛苦不堪的，现在可以尽情享用了。这个伟大的发明，只需要十五法郎。特别是在进城享用晚餐的日子，值得一用。

这篇19世纪广告撰稿人的文章，或许可以说具有历史价值。

除此之外，比如，格里莫还为艾克斯·普罗旺斯的医生阿尔努宣传过预防中风的药袋等，说用丝带把药袋挂在脖子上，垂到胃上面，这样可以改善血液循环，健胃消食，从而不用担心生病。只是，效果仅限一年。怎么看都像是在给医生打广告。

龙肝凤髓和文人的食谱

《游仙窟》是唐代初期的传奇小说。早在中国本土失传，倒是传到日本成了经典，深得古代的万叶歌人们喜爱。小说属于幻境物语，故事简单幼稚，讲的是一个男子在旅途中迷路，莫名其妙地跑进了神仙窟请求留宿一晚，然后女主人款待了他。说起来就是浦岛太郎的翻版，只是龙宫换成了山中。大家这样理解就好了。其中有一段宴客的描写。文章是四六骈文体，华丽工整：

> 少时，饮食俱到。熏香满室，赤白兼前。
> 穷海陆之珍羞，备川原之果菜。肉则龙肝凤髓，
> 酒则玉醴琼浆。城南雀噪之禾，江上蝉鸣之稻。
> 鸡臕雉臛，鳖醢鹑羹。椹下肥肫，荷间细鲤。
> 鹅子鸭卵，照曜于银盘；麟脯豹胎，纷纶于玉
> 叠。熊腥纯白，蟹酱纯黄。鲜鲙共红缕争辉，

冷肝与青丝乱色。蒲桃甘蔗，梗枣石榴。河东
紫盐，岭南丹橘。燉煌八子奈，青门五色瓜。
大谷张公之梨，房陵朱仲之李。东王公之仙桂，
西王母之神桃。南燕牛乳之椒，北赵鸡心之枣。
千名万种，不可具论。[1]

美辞丽句，洋洋洒洒地罗列了山珍海味，其中显然
有纯属空想的食物。龙肝、凤髓等，实际不存在，应该
和欧洲不死鸟的脑髓差不多吧。麒麟肉干、豹子胎等东
西，即便是实际存在，也不能简单入手。《游仙窟》取
材于黄河上游地区，那地方究竟有没有豹子出没，我不
敢断言。这又类似于欧洲的红鹤舌头吧。

接着，文中列出了生的熊肉、鸡羹、野鸡羹、鹌鹑
羹、鳖肉酱、蟹酱、鹅蛋、鸭蛋、鲤鱼等，这些倒是真
实存在的，恐怕现在还是中国人的食物吧。不过，到了
"东王公之仙桂""西王母之神桃"，又变成虚构的了。
《游仙窟》原本就是一个虚构故事，其中出现的美食当
然可以是假想出来的。

毕竟是喜欢"白发三千丈"这种文饰的中国，龙肝
凤髓或者龙肝豹胎，何时开始，已经成为代表珍味的固

1　〔唐〕张文成撰，李时人、詹绪左校注：《游仙窟校注》，中华书局，
2010年，第17页。

定说法了。古时有"八珍"一说，八种珍味广为人知，其中龙肝、凤髓名列前位。关于"八珍"有很多种说法，一直没个定论。一般包括龙肝、凤髓、兔胎、鲤尾、鸮炙、猩唇、熊掌、酥酪。兔胎是指兔子肚子里的胎儿，鸮炙指烤鱼鹰，猩唇指猩猩的嘴唇[1]，酥酪是牛奶或羊奶精炼而成的饮料。至于鲤尾和熊掌，顾名思义，就不用我多说了。

如果大家对文学世界里"龙肝凤髓"这样的空想食物不感兴趣，而更想了解古代中国现实生活的饮食，可以查阅古来既有的饮食专门书"食经"。幸亏有筱田统氏的《中国食物史》及其他著述，记载详尽，使得我们可以轻易窥得其大要。

所谓"食经"，一言概之，是文人制作的千百种饮食兴趣书之一种。从石谱、竹谱到画谱、印谱，文人爱玩的所有物品都是"谱"的对象。虽说"君子远庖厨"，在中国，饮食也被视作士大夫们的重要素养之一，足以成为文人赏玩的对象。大家如果想要知道诗人们如何对饮食感兴趣、如何在诗里论述美食的话，可以读北宋时代苏东坡的作品。"东坡肉"这道菜，据说是苏东坡左迁到黄州（今湖北省黄冈县）之后发明出来的，所以诗

1　猩唇实为麋鹿。

人名字与菜品相结合流传下来了。

元末四大画家之一倪云林，制作了家厨的食谱集《云林堂饮食制度集》。这是隐遁出世的富有文人制作"食经"的一个典型。元末，各地抗元起义军揭竿而起，整个中国陷入动乱。倪云林于是停止他豪奢风流的生活，将家产分发给亲戚，自己则携妻乘舟漂泊，流寓于江苏省各地寺观。直到战乱结束、明朝建起后，他才回到故乡，安度余生。《制度集》反映了他年轻时的风流生活。看来，有关饮食的著述都是在人生晚年写成的。

中国出现的大量"食经"中，最为日本人所熟知的是清初文人袁枚的《随园食单》。该书在江户时代已经舶来到日本，昭和以后还出版了好几种译本。

袁枚出生在浙江杭州的贫苦士族之家，年纪轻轻便步入仕途，历任江宁府（今江苏省南京市）的知县等。乾隆十八年（1753年），三十八岁时，他突然辞去官职，买下江宁西部小仓山的一块荒园，取名"随园"，定居于此。所以世人也称他为"随园先生"。之后，袁枚再没重返官场，一边随心所欲地打理随园，一边和爱好诗文的弟子们吟诗作对，生活过得悠然自得美极了。据说这种豪奢的生活都是靠他卖文来维持，看来也是个懂得过日子的人。另外，袁枚妻妾较多、女弟子成群，远近闻名，因而遭到道学先生的非难。

《随园食单》就是诞生于这种悠然自得的生活。这部书大概写于袁枚七十一岁以后，可以看作是美食家袁枚晚年游历四方，寻求珍味，尝遍饕餮美食的珍贵记录。

袁枚生活的时代，正当乾隆盛世，盛世之名甚至远播欧洲。乾隆帝当政时喜欢大规模出游，曾六度南巡、四度东巡、五度西巡。身为满族人的皇帝如此频繁南巡，有说是因为经不住江南菜的诱惑。可见，在那个时代，饮食和其他所有消费文化一样，差不多发展到了颓废前一步——巅峰。我以为，随园先生身上就体现了这种时代精神。说起来，袁枚也是江南人，身上带着点江南地区的颓废感。

有人说，美食家西有布里亚·萨瓦兰，东有袁枚。是呀，这不是谁都能想到的吗？同是 18 世纪，一个是法国，一个是中国，都是当时文明最灿烂的两大帝国。在那个享乐主义盛行的时代，两人都活得宛如天赐之子。虽然也有人质疑把袁枚和萨瓦兰之流的道德家相提并论是否合适，但作为美好生活的贯彻者，萨瓦兰肯定有他的自负。顺便说一下，萨瓦兰的《口味生理学》1825年出版了，晚《随园食单》三十二年。

依次简单介绍一下《随园食单》的结构和内容吧。

首先是作者的序文，接下来是"须知单"和"戒单"，其后是食单，即烹饪方法、烹饪笔记的部分。文量上来看，烹饪笔记的部分最多，记载了十二项、数百种菜谱，有海鲜单（燕窝、鱼翅、鲍鱼等）、江鲜单（刀鱼、鲟鱼等）、特牲单（猪肉）、杂牲单（包括牛、羊、鹿、獐）、羽族单（包括鸡、野鸡、鸽、鸭、家鸭、雀、鹌鹑、鹅）、水族有鳞单（鲫鱼、鲢鱼、鲚鳅等）、水族无鳞单（包括鳗鱼、甲鱼、蛙、蟹）、杂素菜单（豆腐、韭菜、豆芽、蘑菇、竹笋等）、小菜单（小菜佐食等）、点心单（零食）、饭粥单、茶酒单等。

当然，烹饪法的记述方针不明确，从材料的选择到分量、烹饪方法等，有些项目记述得非常详细，有些却短小简略得可怜。作者的任性有时也令我们头疼。像这样，难说是实用型的，似乎也可以看出作者以炫耀博学为第一要义。

值得注意的是，取代过去的八珍、被誉为近代中国最高级食材之燕窝、海参、鱼翅、鲍鱼居于"海鲜单"之首。海参、鲍鱼、鱼翅、鱼肚，俗称"参鲍翅肚"，但在"海鲜单"中却没有提鱼肚。还有个奇特的地方，"杂牲单"中的獐，恐怕是生活在中国南方山区的麝香猫之类的。青木正儿认为它是狸的一种，我认为更接近麝香猫。"小菜"中有熏鱼子、石花糕、田螺、海蜇、蚕豆，这些感觉是近代新生的，有点意思。

也来介绍一下序文后的"须知单"和"戒单"吧。

"须知单"中"配搭须知"最是有趣：

> 谚曰："相女配夫。"《记》曰："拟人必于其伦。"烹调之法，何以异焉？凡一物烹成，必需辅佐。要使清者配清，浓者配浓，柔者配柔，刚者配刚，方有和合之妙。其中可荤可素者，蘑菇、鲜笋、冬瓜是也。可荤不可素者，葱、韭、茴香、新蒜是也。可素不可荤者，芹菜、百合、刀豆是也。常见人置蟹粉于燕窝之中，放百合于鸡、猪之肉，毋乃唐尧与苏峻对坐，不太悖乎？[1]

这对偶句极多的文章，似乎修辞最受重视。作者罗列食材，似乎就是为了写出名文。这是袁枚令人讨厌的地方，也是他吸引人的地方。

再引一段"戒单"吧。我倒是觉得这里更有意思。首先是"戒耳餐"：

> 何谓耳餐？耳餐者，务名之谓也，食贵物之名，夸敬客之意，是以耳餐，非口餐也。不

---

1 〔清〕袁枚著：《随园食单　插图典藏本》，万卷出版公司，2016年，第10页，以下《随园食单》的引文皆出自此书。

知豆腐得味，远胜燕窝。海菜不佳，不如蔬笋。

接着是"戒目食"：

何谓目食？目食者，贪多之谓也。今人慕"食前方丈"之名，多盘叠碗，是以目食，非口食也。不知名手写字，多则必有败笔；名人作诗，烦则必有累句。极名厨之心力，一日之中，所作好菜不过四五味耳。

接下来是"戒穿凿"。穿凿好像意为多余的小手工：

物有本性，不可穿凿为之。自成小巧，即如燕窝佳矣，何必捶以为团？海参可矣，何必熬之为酱？

再下来是"戒暴殄"：

暴者不恤人功，殄者不惜物力。鸡、鱼、鹅、鸭自首至尾，俱有味存，不必少取多弃也。……至于烈炭以炙活鹅之掌，剚刀以取生鸡之肝，皆君子所不为也。何也？物为人用，使之死可也，使之求死不得不可也。

总之，中国菜里有些吃法很残酷的菜，世人广知。如把活猿猴的头固定住，敲开，用调羹舀脑髓吃。袁枚反对这种做法。或许是作为一个趣味高雅的人，生吃活剥类的不符合他的气质吧。

然后是"戒强让"：

治具宴客，礼也。然一肴既上，理直凭客举箸，精肥整碎，各有所好，听从客便，方是道理，何必强让之？常见主人以箸夹取，堆置客前……其慢客也至矣！近日倡家，尤多此种恶习，以箸取菜，硬入人口，有类强奸，殊为可恶。

在如今号称消费社会的日本，我们也经常可见这种出现在乾隆盛世娼家里的类似恶习。话说这"有类强奸"也实在滑稽。随园先生的笔触越来越锋利了。

先生好像生来不好酒，对饮酒尤为严厉。在"戒纵酒"中，他主张反正酗酒之人不识味，不如将正席（菜席）和酒席分开。

虽是如此，袁枚对品酒似乎颇有自信，他认为绍兴酒和金华酒为佳，值得推介，称"绍兴酒为名士，烧酒为光棍"。用的还是拿手的对句，不也令人愉快吗？

随园在太平天国之乱中被夷为平地，片椽无存。袁枚的孙子袁祖志曾写过一本关于随园的回忆录，据此可知，园子里有笋、樱桃、枇杷、梅子、李子、杏子、莲藕、菱角、银杏、梧桐果等各个季节的果物，品种丰富。打理庭园这种事情，不问东西，都是享乐主义的常规之道。

随园有个很大的莲池。莲花因为是白天开花夜晚闭合，袁枚就趁着傍晚时分莲花马上要闭合的时候，轻轻地将龙井绿茶放进去。翌日一早，待花一开，取出茶叶。

据说，他还收集莲叶上滚落下来的露珠，泡茶给客人喝。这个也是袁祖志记载的一则小故事，可见袁枚在随园的日子是多么风雅。

要喝上这样一杯茶，再怎么庸俗不堪的人，心情多少会变得飘飘欲仙吧。

刚说到龙井绿茶，据说袁枚原本特别喜欢用杭州附近的故乡生产的茶叶。可是乾隆五十一年（1786年）秋，时年七十一岁的袁枚第一次到武夷山（福建省北部）游玩，才明白武夷茶的真正价值。途经某寺，遂访，僧侣道士端出茶来，盛茶的茶碗小如胡桃，茶壶小如佛手柑。泡一次茶，用量不足十钱，含入口中，不舍得下咽。先闻茶香，尝其味，再慢慢地品一品。哇，清香扑鼻，舌微甜。饮完一杯，再来一杯，又来一杯。反复这样一品，心情也变得愉悦起来。

袁枚死于嘉庆二年（1797 年），享年八十二岁。寿终正寝，不枉身为美食家。

世人尊袁枚为"一代诗宗随园先生"，原本他的最高成就也在诗作。然而在日本，他却作为《随园食单》的作者留下芳名。另外，他的那本类似于《聊斋志异》的怪异故事集《子不语》，也为世人广知。《子不语》刊行于乾隆五十三年（1788 年），当时袁枚七十三岁，和《随园食单》几乎是同时期面世。

晚年，袁枚一边撰写恐怖故事，一边致力于编辑"食单"。恐怖和食欲，或许是享乐主义者袁枚一生最后的快乐。这样一想，我不禁也内心愉悦起来了。

II

華やかな食物誌

维纳斯、处女兼妓女

让·科克托[1]有句诗："希腊。这里，大理石和大海，像羊一般卷曲着。"奇丽的形容，虏获了我的心。为了切身感受并把握这样的希腊印象，有必要实际踏访此地。无论是雅典卫城美术馆的雅典娜神像，还是支撑厄里希翁神殿屋顶的少女像，都披着大理石长裙，下摆褶皱起伏，果然是"像羊一般卷曲着"。哦，那刻在希腊神殿圆柱上的一道道竖条纹，才真是卷曲的。从苏尼翁角眺望塞萨洛尼基海湾，碧蓝的大海在微风吹拂下荡起细纹，果真也是"像羊一般卷曲着"。

想要感受这种印象，也可以不去希腊，比如说可以去意大利国立罗马博物馆。大理石的衣裳褶皱，无论是《路德维希的玉座》上的浮雕，还是《尼俄伯之女》，

---

1 让·科克托（Jean Cocteau，1889—1963），法国幻觉派艺术家。

抑或是《维纳斯·吉尼翠斯》（生育的维纳斯），精雕细琢处各有特色，令人叹为观止。真是羊之群集！我们不禁惊叹，究竟要有怎样的热情，才能用如此多的大理石雕刻出如此多栩栩如生的人体和裹体的衣裳？这印象和欣赏林立的日本佛像雕塑全然不同。使用材质和数量的不同固然是原因之一，但我想更多的是因为写实主义的观念不同。

"如果地中海人心中最初没有关于女体的一些抽象性概念，维纳斯的纯化是不可能实现的。"肯尼思·克拉克[1]在《裸体艺术》中说。此处说的地中海人的特有的抽象性概念，似乎就是通往写实主义的一个概念。是它让数量如此庞大、像羊群一样的大理石褶皱得以诞生。关于这点，以后再讲。

三岛由纪夫的名作《阿波罗之杯》对《断臂的维纳斯》的薄衣褶皱也有段精彩绝妙的描写：

> 这尊公元前5世纪作品的复制品，失去了头、左臂和右臂的下半部分，但却美得令人恍惚。多么优美的姿态啊，那衣褶线条仿佛清冽的泉水在流动。右乳露出，微曲的左膝透过轻

---

1 肯尼思·克拉克（Kenneth Clark），20世纪英国美术史家、评论家。

纱也清晰可见。乳房和膝盖形成对应，使富有
流动感的弓字形身体紧张起来，好似两块平滑
的岩石要止住过于流畅的泉流。[1]

在进入正题前，我要事先说明一下。本文中，我可能会同时使用英语读法"Venus：[ˈviːnəs]"和拉丁语读法"[ˈwɛ.nʊs]"，有时甚至必须使用原本的希腊名读法"Aphrodité：[ɒˈfroditeː]"。因为行文上不得不这样做。

言归正传，拉丁语中意为"爱"和"魅力"的Venus，原本只是古代意大利的菜园女神，进入罗马时代后，与希腊的阿佛洛狄忒相结合，并大量吸收了这位女神的特征。所以，也可以说维纳斯的前身是阿佛洛狄忒。我们如果要研究希腊美术中的维纳斯像，在此之前首先必须弄清楚阿佛洛狄忒是位怎样的女神。

据神话学家考证，希腊的爱神阿佛洛狄忒并非仅仅属于希腊，她和地中海以东的东方诸国民众用当地语言称呼、崇拜的女神属于同一神格。换言之，她是巴比伦的伊什塔尔，腓尼基的阿斯塔蒂，亚述的米利塔，迦太基的塔尼特，弗里吉亚的库柏勒，以弗所的阿耳忒弥斯，

1　［日］三岛由纪夫著，申非等译：《阿波罗之杯》，九州出版社，2014年，第236页。略有改动。

色雷斯的本迪斯，迦南的阿塔伽提斯等这些农耕社会的地母神之一。我们知道，古代异教世界的地母神崇拜反映了将大地的丰饶性和女性的多产性结为一体的观念。这种观念为极具特色的性风俗打造了雏形，完全不同于基督教兴起后的性风俗。

此处所谓性风俗，正如戈登·拉特雷·泰勒的贴切形容"作为秘境的性爱"（《历史上的性》）一样，它肯定性行为的魔术性或神性意义。宗教活动和性活动在根源上有合二为一的风土条件——古代东方的地母神崇拜。而且，地母神崇拜还衍生了"神殿卖春"这种在今人看来难以置信的制度。

神殿卖春，古代广泛分布于小亚细亚到地中海东部沿岸一带。与希腊的阿佛洛狄忒崇拜结合来看的话，它发端于塞浦路斯岛的帕福斯，之后中心地转移到伯罗奔尼撒半岛南端海面上的基西拉岛，公元前8世纪，在仅次于雅典和斯巴达的希腊第三大都市科林斯发展成熟。古来，巴比伦有一种习俗：所有的年轻女子一生中一定要去参拜一次伊什塔尔的神殿，在此委身于拜访圣地的异邦人，由此取得的报酬呈献给地母神。塞姆人的这种习俗在稍做修正后，一路传播到塞浦路斯、库特拉，甚至渗入到多利安人的希腊国家内部。

在科林斯，并不是所有的年轻女子都被课以卖春的义务，只有阿克罗科林斯山顶的阿佛洛狄忒神殿里居住的高级职业妓女才履行了这个信仰上的职责。

请大家注意，她们履行的是宗教上的神圣职责，绝没有被歧视，反而是一种被致以最高敬意的社会身份。现在我们说起"卖春"，往往联想到金钱和不纯洁的肉欲，但古代神殿妓女的卖春是带有神圣的职业性质的。拉特雷·泰勒认为，"这完全是与神的灵魂合体，与色欲毫无关系，正如基督教的圣餐仪式和暴饮暴食毫无关系一样。"

此外，《宗教与性》的作者瓦尔特·舒伯特写道："只有基于性爱是神圣的这种原始的伟大的根本思想，'卖春'才能被理解。性爱是生命诞生的最深源泉，因而是神圣的。同时，它又是再现天地开辟的宇宙第一夜——世界创造的神秘——的象征性行为，所以是神圣的。"

为了充分理解神殿妓女的性质，我们有必要再探讨一下这些妓女所侍奉、所象征的阿佛洛狄忒女神的性格。我前面讲过，阿佛洛狄忒和东方的地母神有着同样的神格，这样说还过于粗暴。尤其是在希腊，其作为地母神还具有另外一个神格，即得墨忒耳的性格。对比两者之后，才能让阿佛洛狄忒固有的性格浮现出来。

当伴有痛饮狂舞仪式的地母神崇拜从东方传到希腊本土时，阿佛洛狄忒立马与它结为一体了。而得墨忒耳始终嫌弃痛饮狂舞这一东方特征，与它格格不入。得墨忒耳是农作物的女神，不是野生植物的女神。纪念得墨忒耳的塞斯摩弗洛斯节也始终是秩序井然、严肃庄重的，因而后来能够成为雅典的国家仪式。因此，参加塞斯摩弗洛斯节的女性们不是未婚女性和妓女，而是市民的法定妻子、已婚女性。这是一种禁止性欲的节日，异于阿佛洛狄忒崇拜的阿多尼斯节。事实上，塞斯摩弗洛斯节进行的三天期间，参加的女性们不允许有性爱行为。

虽然同被称为地母神，得墨忒耳身上居家的母性性格却更强烈，纪念她的节日也是称颂女性受孕、生育的节日，气氛祥和。相反，阿佛洛狄忒本质上是妓女，她的节日必然伴随有妓女或未婚妇女无节制的狂欢作乐和淫靡的性解放。两者性格截然对立。

不过，有趣的是，阿佛洛狄忒既是妓女，又是处女。关于这点，我再多说两句。

《性的形而上学》的作者 J. 埃博拉认为，与得墨忒耳性的一面形成对照，女性身上还有破坏性陶醉性的性爱力量的一面，而印度地母神杜尔迦最为典型地体现了这一面。杜尔迦的名字意为"难近母"，比喻对男性而言的处女。她也是痛饮狂舞性仪式的女神。阿斯塔蒂、塔尼特等地中海东沿岸的女神们也经常被冠以"处女"的名号。伊什塔尔是"处女"，同时也是"大妓女"，是"神的妓女"。爱琴海、小亚细亚世界中"πόρνη"（意为"妓女"）、"ἑταίρα"（意为"交际花"）、"πάνδημος"（意为"大众情人"）等对阿佛洛狄忒的称呼，也包含有其对立面"处女"的意思。此外，中国也有同时带有妓女和处女神格的女神，连基督教的玛利亚，如果对"处女受孕"这个观念作唯物论的解释，那么从禁欲主义的外表背后也能明显看出同样的女神神格。

妓女和处女——在近代概念中，这两个词貌似是完全矛盾对立的。然而在古代，"处女"这个词并不仅仅指没有性经验的纯贞女子，同时也指那些虽然与男性交往，但选择不婚以拒绝成为男人附属物，坚持单身以维护人格主体性的女性。

理解了这层微妙差异后，我们就会发现妓女和处女这对貌似矛盾的两个概念其实有共通点。即，都不甘于身为人妻的身份，不甘于困于家庭生活；都可以无所顾虑地投身于性爱。在这两点上，处女和妓女与得墨忒耳式的女性形象形成鲜明的对立。

这就是阿佛洛狄忒女神性格的深层意义，虽然同为地母神，但与得墨忒耳的理念截然相反。同时，也为我们揭开了神殿妓女作为阿佛洛狄忒的化身履行圣洁职责的秘密。总之，作为秘境的性爱、神圣的性，已然超越了家庭、国家，或是相夫教子这种日常性的、生育繁殖性的境界。

让·普祖鲁斯基[1]在名著《大女神》中阐述，妓女兼处女的女神往往也是战斗女神。回忆我前面的论述，大家也就容易明白这其间的联系了。战斗本质上是非日常的破坏行为，也是类似节日的纯粹消费行为。借用早已传播到日本、广为人知的罗歇·凯卢瓦[2]、乔治·巴塔耶[3]的社会学理论，也能很快理解吧。

阿佛洛狄忒系列的女神繁多，其中斯巴达有受人崇拜、带着头盔全身武装的战士阿佛洛狄忒。这位女神显然和巴比伦的伊什塔尔一样，曾是战士女神。有人甚至推测，《米洛斯的维纳斯》就是手执阿瑞斯之盾的战士阿佛洛狄忒。当然，如今维纳斯因为断臂，很难断定她手上拿了什么，在学界也没有定论。

好了，接下来，我们要从维纳斯的神话学转移到维纳斯的图像学了。

自然宗教中的爱神诞生于祈愿丰饶和再生的活动，不仅促进了性行为的巫术性模仿，也推动了绘画和雕刻领域对性的具象性表现。在旧石器洞窟中发现的一具球根状小塑像，应该是最初期的表现。还有一个史前时代

1　Jean Przyluski，法国语言学家，著有 La Grand Déesse。

2　Roger Caillois，法国文艺评论家、社会学家。

3　Georges Bataille，法国哲学家、思想家、作家。

的大理石妇人偶像，制作于被希腊人征服前的基克拉泽斯群岛，经常被拿来和《维伦多尔夫的维纳斯》做对比。肯尼思·克拉克仿照"天上的维纳斯"和"人间的维纳斯"的划分方法，称前者为"植物性的维纳斯"，称后者为"结晶性的维纳斯"。这种划分方法也挺有趣，不过让我来说的话，总感觉基克拉泽斯的偶像是维纳斯像脱却得墨忒耳性的一面，逐渐纯化为阿佛洛狄忒性的过渡期的作品。

当然，基克拉泽斯的偶像不是没有一点丰饶女神的特点，这个宛若少女的身材婀娜的偶像，在股间也雕刻有代表女性生殖器的倒三角形。但是，她身上体现出明显的形式上的自律化（克拉克形容为"几何学的统制"），呈现出优势从性爱一面转向审美一面、从丰饶女神转为美神的倾向性。爱的女神唤起的神圣和性爱的体验，原本超越了美。美只不过是诱发宗教、性爱活动体验的一个要素。这个要素试图独立出来，脱离当初的目的，成为独立的存在。

不过令我们感到匪夷所思的是，在基克拉泽斯的这个和真人一般大小的女性裸体像之后，到普拉克西特利斯[1]等开始大显身手的公元前4世纪中期，希腊美术中

1　Praxiteles，希腊雕刻家。

不见有女性裸体像。史前时代的艺术家轻而易举地制作了裸体的丰饶神，希腊文明反而长期对用裸体表现女性之美表示抵触。这里，我不能不承认性与爱是矛盾抗衡的，这也可说是一种文明辩证法。反过来说，从东方裸奔而来的阿佛洛狄忒在希腊实现了去"性"化。

不过我也十分清楚，这种模式化的做法是危险的。希腊文明非常特殊，也正如克拉克所指出的一样，用裸体表现阿佛洛狄忒是被古老仪式传统禁止的。所以在公元前7世纪后半叶到公元前6世纪末的古风时期，艺术家们给维纳斯披上了一件薄裳来掩盖肉体。这个传统一直延续到《路德维希的玉座》（公元前5世纪初）和《维纳斯·吉尼翠斯》（公元前5世纪末）。

我在前面引用科克托的诗句，提到希腊美术中有数量庞大的大理石衣裳褶皱，我想正是暗示肉体的这些褶皱证明了希腊人对裸体抱有特殊的执念。意在遮掩肉体的衣裳褶皱，反而凸显了肉体的存在。我想说的是，克拉克的所谓"关于女体的抽象性概念"，是这样辩证式地发展而来的。或许，关于人体写实主义的观念，也是沿着这样的辩证式的发展路径诞生、熏陶而来的吧。

对于《路德维希的玉座》的维纳斯像的乳房和缺失头部与四肢的躯体，克拉克描述道："在演奏这段过渡句时，作者是多么巧妙地运用了衣裳褶皱啊！褶皱描摹出她的香肩，消失在乳房处，继而在胸前滑过一道纤细的曲线。如果没有这些褶皱，胸会显得呆板，也就创作不出这种持续流淌的美了。"关于《维纳斯·吉尼翠斯》的衣裳褶皱，大家可以回想一下前面引用过的三岛由纪夫的文章。

《路德维希的玉座》的维纳斯是爱与美的女神阿佛洛狄忒（诞生于大海的维纳斯）。日本人一般都知道，这是源于赫西奥德《神谱》的一个观念，用谐音的特点来解释阿佛洛狄忒名字的起源。如果摘去神话的面纱，那么诞生于大海也就意味着她是赤裸地从东方而来。所以，第一个以全裸姿势表现阿佛洛狄忒女神的作品《尼多斯的维纳斯》（公元前4世纪中期）可以说是回归先祖。

然而，虽说是回归先祖，《尼多斯的维纳斯》的裸体，已经不再像以前的丰饶女神一样，借用夸张的乳房、臀部和私处给观者营造出一种肉体官能性的印象。遮掩私处的右手，反倒欲盖弥彰。

可以说由此开始，阿佛洛狄忒被作为一种有意识性的活动被纳入美术史。这也是我为什么在此之前尽量避免使用爱欲这个词。换言之，性行为或性表达本身并不色情，有意识地唤起或暗示这种形象才是色情的。当然，借用一件透光的薄裳来遮掩女神肉体的艺术家们对此早就心知肚明。普拉克西特利斯的功绩在于，他相信即便展现出全裸的身体，也能拯救女神的美和爱欲。

普林尼记载，《尼多斯的维纳斯》最初是为阿佛洛狄忒崇拜中心地之东爱琴海的科斯岛居民雕塑的，但科斯岛居民们喜欢衣着褴褛的维纳斯，拒绝接受她，于是被旁边的尼多斯给买走了。不管怎么样，这是出于宗教信仰的礼拜需要而制作的，不是像后世那样为了在美术馆展示。很遗憾如今我们只能看到残缺的复制品，但一想到她是五百年间吸引所有巡礼者来尼多斯圣地的魅力根源，不能不惊讶当时的美和爱欲的概念比今天重要得多。果然是宗教活着的时代啊！虽然是老掉牙的形容，但除此之外我想不到其他。

希腊化时代[1]前期的作品中，被认为显然是从《尼多斯的维纳斯》变异而来的有《卡皮托利维纳斯》和初期的希腊美术《梅迪奇的维纳斯》。二作中的维纳斯都右手遮乳房，左手遮私处，展现的姿态是含羞的维纳斯。我在前面说到爱欲是有意识的活动，在意识自己是裸体这点上，这两个作品远远多于《尼多斯的维纳斯》。和她们相比，《尼多斯的维纳斯》坦荡开放得多，甚至可以说是无意识的或仪式性的。在身体塑造上，尼多斯参照的是波利克里托斯的《执矛者》，所以比卡皮托利的

1　希腊化时代开始于公元前323年亚历山大逝世，结束于公元前146年希腊本土被罗马共和国占领。

更有男性气质。

　　肯尼思·克拉克的观点中，有一点非常值得首肯。身体微微前倾、右脚稍稍置后的《卡皮托利维纳斯》的姿势，和从同一个视角观察的《尼多斯的维纳斯》相比，环抱前面的"被封闭"构造更为显著，恰到好处地呈现了"含羞维纳斯"。科克托说《米洛斯的维纳斯》像佝偻一样，确实，弓着背的她有时候看起来真有点像。发型的原因，有时头看起来也特别大。可是换个角度一看，又展现出让人销魂的女性美。我个人是很想给这个作品打高分的。

　　《米洛斯的维纳斯》太有名了，我就不丢人现眼地多说了，接下来让我们看看希腊化时代后期风格特异的《维纳斯蹲像》。对于《阿尔勒的维纳斯》《卡普阿维纳斯》《锡纽萨的维纳斯》，限于篇幅我就不详述了，也没这个必要。

　　《维纳斯蹲像》始创于这个时期，且对后世影响深远，风格大胆，值得详述。在这里，爱的女神腹部积着赘肉，更像个中年妇女。腹部内凹褶皱起伏，大腿富有弹力，腰部和臀部圆润丰满，散发着一种成熟女性的魅力。这也有力地证明了一个传言：希腊人喜欢把性的魅力焦点分散到全身各处，不仅仅是乳房和私处，而是所有部位。

最美的《维纳斯蹲像》收藏于卢浮宫美术馆，背上有她曾经相伴的幼儿厄洛斯的小手印。我隐隐明白艺术家的创作意图，大概希望大家也从背面来欣赏她吧。事实上，无论是背部弯曲的线条，还是臀部丰腴的肉感，从背面欣赏的姿态也很美，完全可以和久负盛名的《锡拉库萨的维纳斯》相匹敌。她的美足以让我们揣想，艺术家制作时不是将维纳斯作为礼拜的对象，而是作为审美的对象。

代表希腊化时代后期特有的希腊人"臀部美学"顶点的当属《美臀维纳斯》。她撩起衣裳下摆，痴痴地欣赏着倒影在水中的自己的美臀。她头部向右扭转，越过肩膀往下看，所以右肩稍垂，右脚稍退，身体整个给人向右旋转的印象，带着轻快的舞动感。臀部两边，横向距离脊椎五厘米的地方各自鲜明地雕刻着一块像酒窝般凹下去的肌肉，俗称"菱形窝"，非常迷人。顺便一说，这座维纳斯是萨德侯爵钟爱的。

以前的正统美术史概论中，这种希腊化时代奇特的维纳斯像往往被视为颓废病态的，被赋予的地位总不如古典时期作品。我不愿与这种观点为伍。因为将来她会被如何评价，是我们无法预测的。比如，最近的神话学研究证明，希腊化时代颓废艺术创造出来的"雌雄莫辨者像"是古老的本源性类型的神格像。如此一来，它在美术史上的地位也将发生变化。

16 世纪以后的美术史叙述中，维纳斯像的评价在时代思潮的影响下经历了数次变迁。曾经被人那般高捧的《梅迪奇的维纳斯》和《锡拉库萨的维纳斯》，如今已经屈于《尼多斯的维纳斯》和《米洛斯的维纳斯》的盛名之下。同样地，今天被贬视为颓废美术的作品，未来会迎来怎样的名誉恢复，谁都难以预料。特别是近来跨学科研究兴盛，仅仅追寻样式变化的美术史研究套路正在被打破，"颓废的"这些带有贬义的词语或许都要慎重使用了。

闲话休提。最后我讲一下《昔兰尼的维纳斯》（约公元前 100 年），以此来结束这篇随笔。

藏于罗马国立博物馆的这尊《昔兰尼的维纳斯》被认为是罗马时期的仿作，尽管没有头部和双臂，但却散发着不可思议的魅力，吸引着我们的眼球。克拉克说："现在还散发着精致的官能的紧张感。"确是如此。肉体非常摩登婀娜，青春洋溢，让观者赏心悦目。特别是从侧边欣赏时，臀部紧实上翘，难以认为是女神之臀。泛着青色光泽的大理石令人着迷，手放上去似乎要被吸走。从腹部到"维纳斯的山丘"，肌肤紧实，也是美得妙不可言。

即便女神应有的威严丧失了，处女兼妓女的阿佛洛

《昔兰尼的维纳斯》（罗马国立博物馆）

狄忒本来的妖娆气质，不是依旧栖息在这尊没有头部的《昔兰尼的维纳斯》身上吗？注视着女神像，我不由得这样想。没有头部，反而好呢。因为我想象不出什么样的头部才能配得上这魅力无穷的女神躯体。

比利时象征派的画家们

比利时象征派这个称呼，虽然还不能算是一个流派，将其冠之于 19 世纪末的比利时画家运动，也还时日不长。说起广义上的象征派，我们自明治以来对英国的前拉斐尔派[1]，法国的古斯塔夫·莫罗、奥迪隆·雷东，被称作分离派的瑞士的阿诺德·勃克林和德国马克斯·克林格尔等有较多认识。然而对于比利时的象征派，以前几乎一无所知，近些年才稍微有所了解。这在欧洲，也是同样的状况，直到 19 世纪文学和美术研究得到迅猛发展的现如今，关于世纪末的比利时画家运动的系统研究才开始有成果面世。

其中一点，随着 19 世纪法国象征主义文学研究的推进，玫瑰十字沙龙的创立者约瑟芬·佩拉当[2]走入公

1　1848 年在英国兴起的美术改革运动。

2　Joséphin Péladan（1858—1918），魔术师，法国 19 世纪末象征主义艺术的代表人物。

众视野，成为研究对象。大家一般认为，因为与佩拉当有关联，所以比利时也开始被关注。这点往往容易被忽略，但其实很重要。

约瑟芬·佩拉当，不仅在魔术界和隐秘学界，在当时的艺术、思想等领域，都产生了很大影响力。尽管这并不为人知，但却不容忽略。我曾在《恶魔存在的文学史》一书中对其思想和作品有作详述。佩拉当与合作者斯坦尼斯拉斯·德·瓜伊塔[1]分道扬镳后，1890年新成立结社"天主教玫瑰十字会"，宣布开始开展隐秘学运动，旨在为基督教理想做奉献。由此促成了1892年的第一次玫瑰十字展。

巴黎杜兰德·鲁埃尔[2]画廊举办的第一次玫瑰十字展的手册里，有如下序文。当然，作者是佩拉当。

　　艺术家啊，你是司祭。艺术是伟大的秘密仪式，你努力创作出杰作时，神秘之光撒落下来，像撒落在祭坛上一样。噢噢，至高名下，光芒四射的诸神，达·芬奇啊，拉斐尔啊，米开朗琪罗啊，贝多芬啊，还有瓦格纳哟！艺术

1　Stanislas de Guaita（1861—1897），19世纪末法国实践派魔术师。
2　Paul Durand—Ruel（1831—1922），法国画商，印象主义画家的拥护者。

家啊，你是王。艺术是真正的王国，你的手写
下一行，小天使便降落下来，像降落在镜子上
一样。

显然，这种同时呼吁神秘主义的美术展，迥异于通
常的造型艺术运动。玫瑰十字展的会场不加掩饰地反映
了主宰者佩拉当的思想，断然排斥一直以来占据 19 世
纪美术主流的现实主义、自然主义以及印象主义，表现
出与暧昧模糊的神秘主义和象征主义携手同行的态度，
参展的绘画则满是怪异的氛围。

佩拉当在比利时拥有众多信奉者，他本人对比利时
美术也很感兴趣。他认为与自己的理想最为接近的是罗
普斯，波德莱尔在《悲哀的比利时》中将其誉为比利时
唯一的艺术家。罗普斯给佩拉当的第一部书《至上的恶
德》画了扉页。比利时象征派中，1833 年出生的罗普
斯和大前辈安托万·维尔茨同是特殊的存在。罗普斯作
品以铜版画为主，而本质上又是插画画家，既没有在玫
瑰十字展上出品，和玫瑰十字的理想也相距甚远。

另一位让佩拉当关注且后来很长一段时间将其置于
自己影响力之下的是费尔南德·赫诺普夫，一位较早醉
心于英国前拉斐尔派和莫罗的画家。受佩拉当的热情邀
请，他在第一次玫瑰十字展上展出了《斯芬克斯》。

1892 年到 1897 年，玫瑰十字展前后共举办了六次，其中参与画展达四次的只有赫诺普夫、让·德尔维尔和亨利·奥特贝尔。除此之外，还有很多其他画家参展，如艾米丽·法布里、莫兰、艾伯特·辛伯拉尼、泽维尔·梅利等。

引起我兴趣的是，虽说原本就带有国际性质，但巴黎诞生的玫瑰十字沙龙的理想为什么会被比利时画坛接受呢？这个问题回答起来很难，我只能说在中世纪以及文艺复兴时期创造出丰硕成果的弗朗德尔[1]的绘画传统，隔着时空，回应了来自巴黎的神秘主义的呼吁。

佩拉当认为，艺术只能是一种宗教，在德尔维尔一样的神秘家的灵魂里，艺术能以最自然的方式被接纳。德尔维尔的画漫溢出来的神秘之光以及形成涡旋状态的奇妙流动，显现着他作为神秘家的灵魂。就如反对派常批评的——他的画暧昧又朦胧。

"噢噢，焦孔达的妹妹哟，噢噢，人见人爱的斯芬克斯哟，我爱您。"佩拉当说。拥有男人的面孔、女人的乳房、狮子的躯体的斯芬克斯完全符合佩拉当的理想艺术形象：雌雄莫辨，是将其观念具象化的最古老的异教性形象。如果是女性面孔的话，那就不是斯芬克斯

1　比利时西部的一个地区。

（Sphinx），而是希腊神话中拥有智慧和知识、能够扼人致死的女面斯芬克斯（Sphiggein）。前面讲过，赫诺普夫在第一次玫瑰十字展上出品了《斯芬克斯》，无论是男面斯芬克斯还是女面斯芬克斯，这种题材并不是他的专属。这像是一种强迫症，莫罗、施图克[1]、罗普斯他们都画过斯芬克斯。

赫诺普夫的代表作《抚爱》，画中一名上身赤裸的男子和女头豹身的怪物依偎在一起互相抚爱。有些评论家对这幅画做了复杂的解释，但简言之，它就是具有两性特征的女面斯芬克斯。此外，赫诺普夫的《沉睡的美杜莎》和《天使或野兽》也属于同系列作品。前者画的是女面鸟身，后者画的是另一种形象的女面斯芬克斯。

比利时象征派画家中，当时在欧洲最为闻名的恐怕是赫诺普夫。长诗《斯芬克斯》的作者奥斯卡·王尔德很崇拜他，请他为自己的诗作《瑞丁监狱之歌》画插画。奥地利皇后伊丽莎白——那个和路德维希二世要好的伊丽莎白，被无政府主义者暗杀后，奥地利皇帝请赫诺普夫根据照片为她画肖像。第二次玫瑰十字展手册的序文中，佩拉当对赫诺普夫如是赞美道：

---

1 德国象征主义画家。

"你能比肩于古斯塔夫·莫罗、伯恩·琼斯和罗普斯，你是非凡的巨匠，《沉默》《斯芬克斯》《骑士》等，都是杰作。向支持我美好意图的天使祈祷，愿你忠于玫瑰十字沙龙的理想。"

佩拉当如愿了，赫诺普夫确实自始至终都是玫瑰十字展的人气画家。只是，才气太高，有时让法国的美术批评家不知所措。年轻的象征派理论家阿尔伯特·奥里埃称赫诺普夫为"神秘主义的布格罗"。布格罗，在今天看来，是创作超级现实主义绘画的学院派大师。同是评论家的费利克斯·费内翁参观第一次玫瑰十字展后给赫诺普夫的评价却不高：

"怕是难以让费尔南德·赫诺普夫先生和他的画家朋友们理解以下这点吧：所谓绘画，首先必须借助韵律来吸引人；画家通过选择文学意义上过剩的主题来彰显谦逊的美德。"

费内翁的评价非常辛辣，不仅针对赫诺普夫，也可以用于批评选择象征性的、神话性的主题的很多画家，比如莫罗。

菲利普·朱利安在《象征派的画家们》（1973 年）里评价赫诺普夫的大作《回忆》为"或许可以称之为'象征主义的《大碗岛》'"。这个形容很新颖。众所周知，乔治·修拉的《大碗岛的星期天下午》（*A Sunday*

Afternoon on the Island of La Grande Jatte）宣告了新印象主义的确立，广为人知。对比一看，在人物配置和构图上，《回忆》和《大碗岛》真有几分相似。不过，后者描绘的是中产阶级市民沐浴午后阳光的休闲时刻，前者则给人黄昏中孤独的乡愁正在弥漫的感觉，让人联想到美国的安德鲁·魏思[1]。

七个女人姿态不一地拿着网球拍站在原野中，帽子、衣裳和姿势各不相同，但仔细看，原来这七个女人是同一人。《比利时象征主义》（1971 年）的作者弗朗辛·克莱尔·勒格朗（Francine Claire Legrand）认为《回忆》的女人们"表现了个体间交流的不可能"。如果褪去女人们的衣裳、让她们全裸的话，可能就是保罗·德尔沃画中的人物了。《回忆》就是这么一幅作品，当之无愧是赫诺普夫的最佳作品之一。

我想，代表玫瑰十字展的比利时画家赫诺普夫和德尔维尔是风格相反的两位画家。前者的画是静态的、固定的、寒冷的，而后者的是动态的、流动的、狂热的。

比如，德尔维尔的代表作《斯图尔特·梅里尔夫人的肖像》，显然描绘的是处于恍惚状态的女性。头发倒立，像光环一样在背后发光，眼睛凝视着上方。最异样

1　Andrew Wyeth（1917—2009），美国当代重要的新写实主义画家。

的是整幅画充斥着红色光芒。这种红色光线在作品《恶魔的宝物》中也可见到。《灵魂之爱》《光的天使》《特里斯坦与伊索尔德》中，人总是被描绘得身体细长、神情恍惚、双目紧闭、身体后仰。赫诺普夫笔下的女性可一次都没有露出这种表情。

虽然没有参加玫瑰十字展，但在比利时象征主义派画家中让人眼睛一亮的奇妙画家当属威廉·德古夫·德·南克和莱昂·弗雷德里克。

威廉·德古夫·德·南克喜欢画无人的风景、阴森空虚的建筑物、有小鸟或天使存在的夜晚的庭院等。这种被样式化的空间气氛和现代的勒内·马格里特有点相似，可能都是源于比利时独特的静谧之感吧。

而莱昂·弗雷德里克喜欢画裸体儿童群像。瀑布冲击下，像菲利普·奥托·朗格[1]描绘的一样，数不尽的小孩一层叠一层地在画面中延伸下去，给人一种异样的视觉冲击。

据说泽维尔·梅利是赫诺普夫的第一个美术老师，他笔下的男女通常是样式化的，且含有特殊意味。这种表现方式虽然不为菲利普·朱利安认可，但我很喜欢。尤其是《秋》这幅作品，三个黑衣女人从树上掉下来，

1　Philipp Otto Runge（1777—1810），德国浪漫主义派画家。

挂在蜘蛛网上，传递给观者一种不可思议的魅力。

这样看来，世纪末的比利时象征派画家真是人才济济。我们应该已经注意到，他们身上有风土上的共通点，创造了神秘主义幻想画，而这显然不同于英国前拉斐尔派、法国的莫罗和雷东以及德国分离派。

亚大纳西·基歇尔
——略传和奇异博物馆

巴鲁图尔谢伊提斯在关于图像变形的一本书中记道：

"富尔达附近出生的耶稣会士亚大纳西·基歇尔是在各个领域都爱掺一脚的奇人，是喜欢收集珍奇物品的收藏家，是奇异博物馆的所有者，还是个藏而不露的大学教师。1633 年，为了逃离挪威的统治，基歇尔离开他教授东方语言和哲学的维尔茨堡大学，在阿维尼翁住了一段日子，后定居罗马。他著作丰富，涉及古希腊语言、古希腊象形文字、磁气学和磁石、音乐、天文、地理学和地质学、光和影、暗号解码等。这些文字包罗万象，有纯正科学和神秘学，有正理和非常识，有百科全书，还有奇闻逸事等。笛卡尔从德国耶稣会士那儿闻得其名后，曾想方设法通过马兰·梅森[1]与他结交。"

1　17 世纪法国著名的数学家和修道士。

为了大概了解亚大纳西·基歇尔这位矫饰主义[1]后期最为另类的文化人，我们来看一篇精要的介绍文。巴鲁图尔谢伊提斯是现代矫饰主义美术研究的第一人，他在《错误、形体的传说》《伊西斯的探索》《图像变形》《镜子》等著作中着重介绍过亚大纳西·基歇尔。

我也在这位先贤的启迪下，围绕亚大纳西·基歇尔写了几篇散文。《亚大纳西·基歇尔和游戏机械的发明》（收录于《黄金时代》）写了他作为万能学者的好奇心和空想能力，《石头的梦想》（收录于《胡桃中的世界》）写了基歇尔对地质学和矿物学的兴趣，《女性的力量》（收录于《思考的纹章学》）写了他的希腊学和《中国图说》。对这些感兴趣的朋友可以去读一读。这个地方，为了避免重复，我写点以前没写过的。

首先介绍一下我所了解到的基歇尔的生平。

他1602年5月2日出生于富尔达附近的一个总人口只有一千五百人左右的小村庄。九个兄弟姐妹，他是老幺。父亲非常自信，因为崇拜在尼西亚会议上反驳了异端者爱利尼的圣亚大纳西，遂给儿子取名为亚大纳西。父亲喜欢钻研学问，家里藏书很多，基歇尔从小受到学术氛围的熏陶。青春期曾三次险被死神牵走，这段经历

---

1 夹在文艺复兴和巴洛克艺术之间的一个流派，强调艺术家内心体验与个人表现，注重艺术创作的形式感。

成为他后来步入宗教生活的动机。1618年，在帕德博恩开启了修道士生活的基歇尔，辗转多个城市学习后，1628年被任命为祭司。在施派尔和美因茨做了一段时间的家庭教师，之后进入维尔茨堡大学执教。

三十年战争[1]爆发，古斯塔夫二世·阿道夫的军队入侵后，基歇尔离开维尔茨堡大学，1633年，投奔阿维尼翁的一名耶稣会士。从多雨多雾的德国转移到阳光明媚的普罗旺斯，他感觉似乎来到了东方。基歇尔在阿维尼翁教授了两年数学。此期间他结识的人物中，最值得一提的应该是普罗旺斯高等法院审判官、画家彼得·保罗·鲁本斯的朋友、古钱收藏家、伽利略的辩护者尼古拉斯·克劳德·佩雷斯克吧。这位兴趣广泛的法国大贵族比基歇尔大了差不多二十岁，给基歇尔提供了各方面的帮助。有一次，基歇尔被邀请到艾克斯的佩雷斯克家，为他演示了罗盘针的实验。佩雷斯克得知基歇尔对希腊学一往情深，则命人四处寻找阿拉伯语的词典。

1635年，基歇尔移居罗马，直到去世。在某枢机卿的保护下，其学术成就逐渐获得认可和重视。关于他为什么开始研究科普特语，又是如何获得皇帝斐迪南三世的资助刊行大作《俄狄浦斯》和《中国图说》，我都

---

1 发生于1618—1648年，是发生在德意志神圣罗马帝国、继而演变成全欧洲参与的有关政治和宗教平衡的国际战争。

已经写过，此处不重复了。

在罗马居住八年，获得数学教授的职位后，基歇尔经上级许可，开始潜心做自己喜爱的研究。此时，他已经拥有斐迪南三世、利奥波德一世、拜仁选举侯、研究暗号的不伦瑞克公爵等强大后盾的支持，还有优秀的弟子跟随其后。其中第一个必须要提的是慕名而来的物理学教授卡斯帕，他是个耶稣会士，著有《齿轮》，里面记有很多关于尊师的逸话。其中"动物音乐会"尤为有意思，这个我以前也写过，不重复了。

基歇尔直到生命的最后一刻，都热情饱满地致力于研究。他才真是个视工作如玩乐的"游戏的人"[1]。1680 年因胃疾去世，遵照遗言，他的心脏被安置在蒙托雷拉（La Mentorella）教堂内院的圣母祭坛下面。这座教堂位于拉提姆的一座岩山顶上，荒芜破旧，基歇尔发现后，四处集资对它进行了修复。传说圣尤斯塔斯狩猎时，在鹿角之间看到了十字形光束，遂皈依了基督教。而圣尤斯塔斯看到十字架幻影的地方就是蒙托雷拉教堂所在的这座岩山。基歇尔很喜欢这个带有奇幻色彩的故事，不仅写了圣尤斯塔斯传记，死后还将自己的心脏葬于此。

---

1 化用约翰·赫伊津哈著作《游戏的人》之名。

以上是基歇尔简单的生平介绍，接下来我讲一讲让他闻名遐迩的奇异博物馆。

奇异博物馆的拉丁语名称是 Musaeum Kircherianum（基歇尔博物馆），就像他本人的思想或作品一样，无所不有。一看，有珍品，可珍品旁边又陈列着一文不值的破烂。话说这些藏品，哪些是基歇尔本人收集的呢？目前单看目录介绍难以辨别。原本是一个担任罗马元老院书记官的托斯卡纳人开始收藏，他后来把藏品捐赠给了耶稣教会的格里高利大学。藏品不久后又被转移到罗马学院图书馆的附属美术馆里，基歇尔受委任负责管理。所以说，藏品收集并不是始于他。

不过，基歇尔被委任管理藏品后，马上对这些产生了浓厚的兴趣，积极地开始挑选鉴别、收集藏品。这不奇怪，完全符合他的个人气质。在他的大力呼吁下，贵族王侯们纷纷送来了奇珍异宝，甚至有人愿意捐资来支持采购。收集而来的物品中，有石棺，有方尖碑一样的古代纪念碑的残片，有油灯，有剥了皮的动物，有植物标本，有世界各地的衣裳，有利用水和空气之力的机械，有光学器械，还有计算器，等等。1678 年，曾在基歇尔手下工作的意大利机械技师为藏品制作出版了简单的图录。

据说，每当名人来访博物馆，基歇尔都会率先带领参观。为了给参观者意外的惊喜，他会创制一些特别的东西。有一次克里斯蒂娜女王来参观，为了给女王一个惊喜，他制作了一个能言能答的人偶，类似于自动人偶。

基歇尔死后，博物馆进一步发展壮大。意大利耶稣会士菲利普·博南尼在1698年接任基歇尔成为后任馆长。博南尼是位卓越的博物学家，1709年，出版了类似于综合目录的《基歇尔博物馆》。他将藏品分成十二类，即偶像和祭祀用品、祈愿之际奉纳的绘马、罗马近郊出土的古墓和墓碑铭、油灯和骨壶、古代的珍奇遗品、外国产的珍品、奇石及化石、稀有动物和矿物以及盐、机械类、奖章、显微镜和标本、贝壳。最后的贝壳类，主要是博南尼收集来的。为了展示多达八百种的贝壳，他研制了特别的陈列柜。

基歇尔博物馆后来的命运，我简单说一下吧。随着馆长不断更迭，加之1773年耶稣会遭受压制，博物馆虽然一路风雨飘摇历尽坎坷，但一直坚持开馆迎宾，直到19世纪后半叶。1870年基歇尔博物馆被意大利政府收回，改头换面成了考古博物馆。1915年，奉教育部之命，所有藏品被分散到了罗马的三个博物馆，它们是特尔梅博物馆、朱利亚公园博物馆、圣天使城堡。于是，亚大纳西·基歇尔先生的奇异博物馆彻底消亡了。

舍瓦尔和理想宫殿

无论东西，从古至今，王侯、贵族、专制君主和大富翁动用过剩的权力、人力和财力大兴土木，修建气势磅礴的城堡和陵墓的事总是不绝于耳。

稍微一想，比如，塞弥拉弥斯建造了巴比伦空中花园和巴别塔，秦始皇建造了阿房宫和万里长城，西班牙的腓力二世建造了埃斯科里亚尔宫，织田信长建造了安土城，巴伐利亚的路德维希二世建造了天鹅堡，《瓦塞克》的作者贝克福德建造了放山修道院。奥森·威尔斯导演的首部电影《公民凯恩》的主人公原型之报业大王威廉·蓝道夫·赫斯特在加利福尼亚的圣西蒙建造了赫氏古堡，古堡像文艺复兴时代的君主宫殿一样，配有动物园。

总之，他们既是权势者，又是大富翁。权势者为了彰显权势，建造作为权力意志集中体现的城堡和陵墓也是自然。因为城堡除了实用性目的以外，无非就是表现权力意志的建筑空间。

建造城堡的行为，不管是多小的城堡，其中必然生有权力意志的萌芽。现代的职场人，把公寓的一间房作为自己的房间，宣言"这是我的城堡"。这里面也能闻到微弱的权力意志的气味。这种权力意志与被保护的愿望，也即胎内愿望已经变得难以区分。言归正传，我想写的是既没什么权力也没多少财力，却凭借坚忍不拔的精神成功建造一座迥异于时代大众风格的独特城堡的传奇人物。他尽管不是权势者，但却是在权力意志的演绎上大获成功的传奇人物。

不用说，这样的人物举目难寻。意大利博马尔佐花园和帕拉戈尼亚别墅的建造者都是封建时代的贵族，不具备"无权力"这个条件。再看一个更小的例子吧。法国女作家科莱特年轻时和丈夫一同住在装饰有十七万五千个石膏玉（狂欢节时互相投掷用的石膏玉）的公寓里。类似这样的例子，举不胜举吧。

19世纪的铜版画家布雷斯丹（Rodolphe Bresdin）将自己的公寓改造成菜园。据说各种蔬菜长得青翠茂盛，连落脚的地方都没有。还有呢，巴黎十六区的某个公寓管理人，把管理人室的墙壁换成玻璃墙，还在上面挂些蜥蜴和蛇之类的。类似的例子日本也有，德川纲吉统治时期，江户富商石川六兵卫在自家宅邸的水晶格天花板里注满水养金鱼，后因奢侈过度豪宅被没收。这个石川六兵卫也是富商，不具备"无财力"这个条件。

马其顿建筑师狄诺克拉底为了亚历山大大帝，把整座阿索斯山雕刻成一个巨大的男身像；英国 18 世纪的放荡贵族弗朗西斯·达什伍德在白金汉郡的宅邸里筑山植树，还命人塑了一尊裸体女像。不过这也是贵族的兴趣，不具备成为我书写对象的资格。

因盛赞伏尔泰而知名的 18 世纪法国的查尔斯·德比耶特侯爵，住在宅邸最高处的房间里，还在房间里把椅子层层堆叠起来，然后爬上去。房间墙壁全是玻璃材质，室内有喷泉，大大小小的各种灌木丛生，灌木枝头小鸟鸣啭。这种嗜好也是奇葩了，不过同样是贵族，得排除在外。

这样看来，像邮递员舍瓦尔那样压根没有权力和财力的后盾，单凭一双手两条腿独力完成那般宏伟的理想宫殿的人真是极其少见的。

费迪南·舍瓦尔 1836 年出生在一个贫寒山村，是一介农夫之子，家里穷得叮当响。他在邮递员工作之外，乐此不疲地捡回道边的小石子，然后用水泥一块块地黏结凝固，最终建成了前所未闻的纪念建筑物。这是不折不扣的矢志不渝精神的馈赠。

　　据舍瓦尔自己留下的资料，他是 1879 年，四十三岁时开始建造的。有一天，他捡到一颗奇妙的小石子，带回了家。第二天，去到同一个地方，他发现了更多有趣的石子，这些石子形状看起来像动物。自此以后，他开始乐此不疲地收集石头，因为从中他看到了上帝的启示。

　　舍瓦尔的伟业开始于石头的收集，这具有暗示意义。所谓素朴艺术创作者大多有一个共通点：收藏。卢梭等素朴艺术创作者们矢志不渝的工作态度，与收藏一脉相通。舍瓦尔所在的法国南部一带，覆盖的是阿尔卑斯山脉的冰河流下来的积土，盛产石头。是这种素朴艺术家的精神气质和家乡的风土特征，帮助舍瓦尔实现了梦想。

　　"我一边走着，想起拿破仑说过不存在'不可能'，"舍瓦尔记道，"这是举世无双、世界上最具独创性的纪念性建筑物。唯此一人，为了独立完成这项庞大的工程，一意孤行地坚持努力了三十四年。"言辞里满溢着自豪感。

　　起初，舍瓦尔是把石头装进口袋带回家，不久就用起笼子，再后来用上了手推车。村民们都说他疯了，妻子对他这种徒劳无益的工作也多有埋怨。可舍瓦尔不在乎这些冷嘲热讽，开始了宫殿的框架建造。他首先做了一道瀑布，这个花了二十二个月。接下来他建造正面

19世纪末，邮递员舍瓦尔和他的理想宫殿

有三个巨人守护的洞窟，这个花了三年。这座宫殿全长二十六米，宽十四米，高十二米。建造完工一共花了二十五年[1]。

有些部分是伊斯兰教堂风格，有些部分像印度神殿，还有吴哥窟模样的部分。样式杂乱不统一，一看就知道是外行人建造的，但有着素朴艺术特有的魅力，让人生发出纯粹的感动。建筑周围栽有仙人掌、棕榈和芦荟，建筑上随处雕刻着富有异域特色的动物，丹顶鹤、豹子、鸵鸟、大象、鳄鱼等。这些动物之间还混杂着圣书里的人物，天使、巡礼者、四个福音使者、圣母玛利亚等雕像。这些都和罗马风格的雕塑一样，形态素朴而惹人爱怜。

特别值得一提的是，这栋纪念建筑物无论怎么看都不适合人类居住。好像舍瓦尔自己也从没有考虑过要住进去，只要看看外观，他就心满意足了。说无用，真是没有比这更无用的空间了。

七十六岁时，舍瓦尔在建筑外面围上围墙，第一次带领参观者入内参观了。墙壁的凹陷处，存放着他用过的建造工具，长年爱用的手推车被安置在最里面最醒目的地方。从结果来看，这是一栋为了安置手推车而用手

---

1 应该是 33 年。

推车建造起来的建筑物，而这台手推车的存在又确实适合作为这栋建筑物的象征，因为无用而带有神秘感。

邮递员舍瓦尔和他的理想宫殿一夜之间引起学术界的关注是在1930超现实主义诗人安德烈·布勒东造访此地之后。如今，舍瓦尔作为超现实主义先驱者之一，被记录在各种文献里。1969年，在文化部部长安德烈·马尔罗的关照下，理想宫殿被指定为法国重要文化财产。

费迪南·舍瓦尔1924年永久安眠了，享年八十八岁。逝后，他住进了自己建造的安眠地（完成宫殿建造后，他又用八年时间建造了自己和妻子的陵墓）。他这一生可谓是劳作的一生，也是游戏的一生。

达利的宝石

看到萨尔瓦多·达利[1]雕刻的华丽宝石，猛地想起文艺复兴时期的雕塑家本韦努托·切利尼[2]。达利好像确实很在意切利尼，亲口说自己是在"对文艺复兴的怀旧"的驱使下开始宝石雕刻的。

文艺复兴时期，多才多能的跨界艺术家很多，达·芬奇是，达利也是。达利游遍意大利各地，除了雕塑大理石和青铜的本职外，也经常接受贵族的订单，雕刻宝石。亨利八世时期的宫廷画家霍尔拜因[3]也曾被皇室命令为怀表和项链作画稿。当时的艺术家同时也都是工匠。

切利尼的自传记载，他曾为罗马基吉家族的贵妇把

1　Salvador Dali（1904—1989），西班牙超现实主义画家、艺术家。

2　Benvenuto Cellini（1500—1571），意大利文艺复兴时期的金匠、画家、雕塑家、战士和音乐家。

3　Hans Holbein the Younger（1497—1545），德国画家，属于欧洲北方文艺复兴时期的艺术家。

绚丽的钻石雕刻成百合花，"宝石的周边配上天使和动物等。珐琅被雕刻得精美绝伦，钻石变得更为闪亮耀眼，放出了多于以前两倍的光芒。"

切利尼总是用豪言壮语把自己的才能说得天花乱坠，这一点也和20世纪的达利相同，他们身上都有孩童般的性格特征，不拘一格。

文艺复兴时期的自然哲学喜欢赋予动植物、宝石一些抽象意义。达利也从年轻时候开始有神秘主义的倾向，喜欢蜗牛、犀牛角、花椰菜、老虎、大象这些象征物，也喜欢拐杖、时钟、电话，但这些与其说是象征物，更像是物神。我们不清楚他是不是真的信这些，只是对于宝石雕刻《青金石的十字架》，达利很严肃地附了一段评论：

> 钻石的光线代表基督的光。蓝宝石是基督的血。黄金之树固定在青金石方盒的上面，其色彩、形状和材质所构成的整体代表基督的力量与权威。

读到这样的文章，我想到的不是文艺复兴时期的自然哲学，而是中世的寓意文学。埃米尔·马勒在《13世纪的法兰西宗教艺术》中引用了圣维克多的亚当的一段话，和上面的引文几乎如出一辙。如下：

> 核桃除了代表基督的形象，还能是什么呢？绿色外皮的果肉是基督的肉体，是他的人性。木质的坚硬外壳是肉体遭受折磨的场所——十字架。可是壳里面，对人类来说是粮食的这个东西，一定是基督隐藏起来的神性。

中世和文艺复兴时期的人都很喜欢思考象征。达利身上也有和他们相像的地方，动辄想要从自然物体身上读出象征意义。这样看来，他从事宝石雕刻也是顺理成章的事。因为宝石是自然物体中象征性价值最高的，可谓是集象征性价值于一团的纯粹物质。

本来，达利年轻时候开始就对柔软的非定形物和形态明确的坚固物体有着极端的两极性反应。在爱好宝石这点上，明显是后者占据了优势。古来，宝石最受珍重的是它的硬度。不难想象，是坚硬的宝石让达利神魂颠倒，就像他喜欢甲壳类、贝类一样。

当然，宝石的魅力不单单因为它的硬度。除此之外，透明性、光泽、色彩也应该是决定宝石价值的重要条件。为了借助宝石来构建自己的独特世界，达利十分高超地利用了这些条件。他对金银宝石的雕刻技术已经达到炉火纯青的境界，若是本韦努托·切利尼可以复活来到 20 世纪，估计他也会对这些时髦的雕刻技巧精益求精吧。

有意思的是，那些我们通过达利的绘画而熟悉的挂在树枝上的柔软的时钟、电话、石榴、蜗牛，还有背上顶着方尖碑的长腿象，通过金、银、宝石等这些材质，获得了崭新的巴洛克式表达。

夜幕降临就会发光的海蓝宝石方尖碑尤为美丽，我们可以简单地将之视为一种语法表达，不过，还是把它当作达利送给我们的具有其个性的礼物吧。

四

華やかな食物誌

建长寺

昭和十一年（1936 年），广播电台开始播放所谓的"国民歌谣"。其中有首叫《新铁道歌》，忘了是第几首"国民歌谣"，当时还是小学生的我们，也能一字不漏地唱出来。可能还有读者记得，开头不是"汽笛一声跨新桥"，而是"告别帝都，英姿飒爽，东海道特急"这首《新铁道歌》。歌词第二节如下：

横滨一过原野绿
松风轻舞至镰仓
史迹处处浪滔滔
银幕花开竞争香

土岐善麿作词。一看就明白，词是精雕细琢过的，小学生的我们怎么都没想明白"银幕花"是什么，只是猜想莫不是因为镰仓附近的大片原野里开了一些什么珍奇的银色花朵吧。镰仓对我而言是亲切熟悉的,自小每逢寒暑假我都在那儿度过,虽然最终没能目睹"银幕花",但总觉得这里是我的后花园。昭和二十年,东京遭遇大轰炸,我家的房子也毁于火海,被迫迁居时选择的新住处就是镰仓。掐指一算,我在这儿已经住了三十多年。

现在,我家的准确地址是:镰仓市山内字管领屋敷三一一番。这一带原是关东管领山内上杉家的宅地,自民部大辅上杉宪显以来,山内上杉家代代居于此。旁边就是明月院,虽然一到绣球花开的季节观光客就络绎不绝,但平时保持着镰仓室町高级武士居所该有的闲静。绿木繁盛,春夏交替之际,还能听到阿弥鸫的奇怪叫声。

山内,曾被叫作山内庄,范围大,包括现在的大船到横滨市户冢区的一部分。《新编相模国风土记稿》记载,鹤冈八幡宫和长谷观音所在地也属于山内庄,这样的话,现在的镰仓市的大部分都包括在内了。这样说吧,山内庄就是以北镰仓为中心,往大船、横滨方向辐射的大片土地。

镰仓也有很多净土宗和日莲宗的寺院,但北镰仓山内的寺院尽是禅寺。这首先是因为山内这片土地和北条氏渊源很深。禅宗在当时是新生宗派，幕府当权者北条氏从其中发现了符合自身思想的佛教。实际上，北条义时以后，北条嫡系一直是山内的领主，所以这里较多集中了北条氏建立的建长寺、净智寺、最明寺、禅兴寺、东庆寺以及大船的常乐寺等。

镰仓后期，迫于北方元军的军事压力而陆续逃亡到日本的宋僧带来了宋禅。宋禅以博多为跳板，越过京都，在镰仓落地。当时的镰仓是日本政治经济中心之一，给新鲜的舶来文化生根发芽提供了绝佳的土壤。镰仓的旧佛教势力没有京都那般强大，加上北条氏等上层武士阶级需要新佛教，所以禅宗在这里毫无困难地安居下来。这点，大家众所周知。厌倦了模仿京都文化的北条氏最迫切渴望的是新的武士文化，而以禅为中心的宋风文化满足了他们的需求。

镰仓任何一个地方都是由此地特有的连绵山谷构成，山内也是如此。我家也位于一个名叫明月谷的山坳里。镰仓山谷的特征是，只要沿着一条小径一直走下去，必然会与山相遇。岩石裸露的石壁随处可见，到了夏天上面会开满紫红色的苦苣苔花。因为与山相依，湿气重，这也是为什么一到六月雨季，绣球花就会竞相开放的原因吧。前面我说能听到阿弥鸫的叫声，其实不分季节，还能听到竹鸡、莺、杜鹃、猫头鹰的叫声，名副其实的幽邃之地。因为和镰仓中心部之间有山相隔，较少遭遇战祸，所以禅寺能够尽皆留存至今。

建长寺与我家所在的明月谷之间只隔着一座山。以前是处刑地，一度被叫作地狱谷，现在这种氛围荡然无存了。从北镰仓站出发，越过横须贺线的铁路公路交叉口，再往镰仓方向前进，在这条路的正中间便伫立着建长寺。

建长寺的山号是巨福山，有说是因为寺院前面的斜坡叫巨福吕坂（也写作"小袋坂"）。看"kobukurozaka"，挺有意思的名字。

巨福吕坂算是连接北镰仓和镰仓的干线道路，自战前到战后数年，一直没人铺设修建，汽车也几乎不会经过，偶尔有经过也是美军的吉普车而已。道路阴森无人，仿佛随时会有劫路贼出现。如今，道路已是柏油路，两侧餐饮店和停车场鳞次栉比，车水马龙，尾气扑鼻，颇煞风景。以前我还经常在巨福吕坂散散步，现在换了条安静的路线，从长寿寺一旁走下龟谷坡，经过香风园的前门，再往扇谷方向走。这条路还没有被汽车尾气和噪音污染。

我对建长寺最早的记忆应该是五六岁时候。

那是个樱花盛开的季节，我和母亲、祖母提着饭团便当，从建长寺一路赏花到后山的半僧坊。记得祖母当时住在镰仓，我从东京过来玩。毕竟是幼时的记忆，细节处都忘了，只记得建长寺后山的樱花开得绚烂无比，整个山淹没在花云之中，令我哑然，不知该如何形容是好。当时的印象太过强烈，以至于我后来每当说起樱花就想起建长寺。幼时体验就是这般神奇。建长寺在我心中的形象，就这样和满开的樱花结下了不解之缘。

　　每年11月1日到3日，建长寺和圆觉寺会"入风"。所谓"入风"，就是把寺院宝贝拿到方丈和书院的房间，通风驱虫，顺便也让一般人进来欣赏。我因为近水楼台，拖着木屐去看过好多次。秋意渐浓，山内周边的群山差不多要上彩妆的时候（顺便说一下，镰仓的红叶红得特别晚，不到11月末12月初看不到漂亮的红叶），沐浴着午后的阳光，优哉游哉地散步到建长寺也不错。

　　有句俗语："像用竹帚扫过建长寺庭院一样。"如今这句俗语虽然早已被人忘记，但在江户以前，它都活跃在人们的词库中。小学馆《日本国语大辞典》里对此解释道："清扫得很彻底，没有一粒灰尘。"好像也可以只用"建长寺"来表达收拾得很干净。有川柳言："若为建长寺厨师，其锅可示人，"可见建长寺的这个含义用得较普遍。建长寺庭院之干净，久负盛名，这可能与大觉禅师制定的规矩一直被严格执行有莫大关系。

　　"像用竹帚扫过"的建长寺庭院一直让我感觉清爽

怡人，这种印象持续至今。站在庭院里，身体的每一寸肌肤都能感受到那始于大觉禅师的宋风禅的严苛之气。

穿过三门，最先映入眼帘的应是种植在三门和佛殿之间的、石道两侧的柏槙，这也让我百看不厌。传说是开山祖师兰溪道隆从中国带回苗木亲手种下的。传说虽不可信，但至少自开山以来经过七百年的星辰岁月，依旧存留在这寺院的唯一之物，也就是这些骨节突起不平的柏槙了。这点毋庸置疑。木造建筑易燃易朽，而活着的植物要长寿得多，能耐得住岁月的流逝而不消亡。它作为日本最早宋风禅道场的活证弥足珍贵。这些柏槙如今已成为建长寺院内一道不可少的风景。

前面我讲到"入风"，不管是看"入风"时展示出来的绘画雕塑等寺院宝贝，还是看寺院建筑的气势，即便是外行人也能明显感受到，这座镰仓禅刹受到宋风禅的影响很大，不同于带有浓厚密教特征的京都禅刹，大胆点说，镰仓禅刹没有一点京都禅刹的华艳，它刚直质朴。舶来的中国绘画，仿照中国制作的雕塑散发着浓厚的异国情趣，令我惊讶，以致觉得它不像佛教寺院，而更像一座道教寺院。总之，来自宋元文化的影响很大，这是镰仓禅刹的最大特点。

平日参观京都寺院较多的人或许会觉得镰仓寺院缺点什么，因为值得一看的佛像、绘画和寺院宝贝不多，寺院建筑本身也不够豪华瑰丽。

虽说是幕府所在地，毕竟是远离畿内的一个关东地方都市，本就不应该期待它能创造出绚烂的文化。反过来看，营造截然不同于京都文化的新宗教样式才是居住在此的武士们心之所向。镰仓美术可能是因为反映了武士阶级的气质风度吧，朴实晦涩的较多。

建长寺收藏的文物中有三幅彩色绢质的兰溪道隆肖像，这可能是寺院所藏文物中唯一充满色彩感的。

这三幅分别是《自赞像》《灵石如芝赞像》《经行像》，其中《自赞像》和《经行像》是画笔一流的肖像，而我尤其喜欢的是《经行像》，怎么看都看不厌。

"经行"是禅宗用语，指在一定区间内边行边念经，尤指坐禅时为了驱赶睡意而行走。这幅《大觉禅师经行像》以水墨画风的瀑布和松林为背景，描绘了禅师轻踏草履经行的情景。茶色主调，色彩黯淡。禅师的头看起来像卵形石塔，有意思极了。整体看起来带有样式化了的圆润感。画面富有动感，于一般坐在椅子上的全身像或半身像的禅师肖像中，显得别具特色。

另一方面，在巧妙捕捉禅师的表情以表现崇高精神这点上，《经行像》到底不如《自赞像》。《自赞像》是日本肖像画中数一数二的名作，可不是我辈能随便评头论足的。

把这些禅师的脸排在一起仔细端详，隐隐约约我也能明白出身于西蜀的宋僧兰溪道隆的人物气质了。身材瘦高的禅师恐怕都元气满满，气魄惊人，对坐禅也要求非常严格吧。同时，换个角度看，又觉得有点像西方人，脸长，五官精致，是个有气质的美男子。据推测道隆抵达大宰府是在宽元四年（1246年），赶往镰仓是在宝治二年（1248年），也就是他三十岁左右的时候。怪不得会有江之岛的辩才天女痴恋禅师的传说。

这个辩才天女和大觉禅师的故事深得我心，在这里我借用三浦胜男氏《镰仓的佛》里的记述来给大家简单介绍一下。

建长寺创建的几年前，兰溪道隆在大船常乐寺开坛讲禅，吸引众僧纷纷前来参禅。辩才天女听闻此事后，便化身凡女也去听道隆说禅。一听，马上对禅师生起敬意。道隆身边有一位从中国带来的贴身侍童，生得乖巧可爱，手脚勤快利索，即乙护童子。这位辩才天女竟心生一计，施展法力把乙护童子变成了一位曼妙美女。

浑然不知自己变成了美女的童子一如既往地侍奉道隆。然而，在旁人看来，是行为端正的大师在宠爱她。不用说，当地百姓开始闲言碎语，关于美女和道隆的流言满天飞。为此，苦恼的乙护童子决心保护大师，为了证明自己的清白，摇身变成一条白蛇，缠绕在常乐寺本堂前的大银杏树上。

这个故事吸引我的地方是，辩才天女把侍奉大师的乙护童子变成女身这一点，符合辩才嫉妒心强的性格。对于她这种行为，我们只能理解成辩才是因为对道隆有意，所以把他身边的乙护童子视作情敌，迫使她离开道隆。

辩才天女信仰开始隆盛起来是在镰仓时期。不愧是将江之岛这样的灵地纳入自己势力范围的北条氏，他对这位龙女化身的女神尤为执着。北条家有个祖传故事，说北条家族是祖先和龙女的后裔；又说北条时政把在江之岛祈愿时得到的三片龙鳞当作家纹。联系这些背景来看的话，道隆和辩才天女的故事更有意思了。

常乐寺和寿福寺有乙护童子塑像，据说建长寺的西来庵祠堂也有。塑像我没见过，单看照片的话，都是身高只有六十厘米的站像，矮小胖墩，一副淘气的孩子王表情，两手置于手杖上端的八重莲华上，下颌也搁于此。这是乙护童子的常规造型，就我所见，镰仓以外的乙护童子像也是同样的造型。

为了能目睹这尊乙护童子像，我从钟楼旁的蒿山门拾阶而上，想要靠近一般游客禁止入内的西来庵、昭堂附近，可是寺院不准许，愿望落空。虽然我并不是辩才天女，也没有想要把乙护童子变成女子的不良居心。

本来打算收笔了，突然想起半僧坊大权现[1]，在这最后再写点吧。

前面讲过，我小时候惊艳于这里漫山遍野的樱花，终生难忘。这座半僧坊位于建长寺后面的胜上岳的半山腰上，明治以后成为接神的守护寺。沿着寺庙左侧流淌的金龙水往山谷深处走，经过几座塔头，再登上胜上岳二百五十多阶的蜿蜒石阶，就是建长寺所辖范围的尽头了。半僧坊就位于这里。

攀登蜿蜒的石阶是相当累人的，但走到半僧坊神殿所在的灵山高地，凉爽的海风吹来，视野变得豁然开阔，美景尽收眼底，顿时觉得身在另一番天地了。南面山谷起伏，林木葱郁，远处可见镰仓街道。镰仓那边是大海，由比滨至稻村崎的一段海岸，远远泛着银光。

有时，想在这半僧坊看海了，我就散着步去。去年秋天去过，今年春天也去了。有一次散步，从明月院的后山穿过天园，站在一个非同寻常的角度仰望胜上岳，不禁惊叹："啊呀，真美！"

关于胜上岳，《新编镰仓志》载：

> 有开山坐禅窟，昔开山，坐禅此窟中。今

---

1 日本化的观世音菩萨。

窟中有石地藏。传云，禅师坐禅此窟中。一遍上人来视，咏歌云："心不宁，伏地亦不能如愿，小睡又何妨？"禅师闻，作歌答云："心不宁，院里拾穗小麻雀，怎知这是鹭之家？"上人遂参拜禅师，受教阿难，大悟。

萧白推介

十二年前，在东京新宿小田急百货店举办的"近世异端艺术展"上展出了曾我萧白、长泽芦雪、伊藤若冲的作品。那时我第一次看到了萧白奇怪的作品集，十分惊讶，但却无法由衷地赞叹。因为作品色彩像黄檗画一样浓厚，画中女子的脸像幕末浮世绘一样卑微俗气，让人觉得画作格调有点低。后来我在波士顿美术馆毕格罗博士的日本艺术藏品"回乡"展上再次看到萧白的三幅作品，觉得这些作品都很了不得，刷新了对他的认识。

东京国立博物馆展示出来的是《仙人图屏风》《商山四皓图屏风》和《虎溪三笑·芭蕉和鸡图屏风》这三幅作品，都是不容分说让人心动的杰作。会场上还有若冲的两幅作品，也不错。萧白和若冲，是一组奇妙的对照。一个富于动感，一个趋于静态。关于这个，我就不在这展开说了。

《仙人图屏风》是水墨画，虽然画风大不一样，但在笔法和构图上，和之前在小田急百货店看到的、着色厚重的《群仙图屏风》的右半部分，也有一脉相承的地方。站在中间的那位应该是吕洞宾吧，头发、胡须和衣裳随风飘扬，手中持剑。说到吕洞宾，让我们不禁想起幸田露伴的考证性散文。

"从古至今，画洞宾者，必画其为一负剑大丈夫。神剑斩长蛟，不可谓不合适。"露伴写道。

仿若蕨菜精灵骤然从天而降，粗笔一气勾成的巨大螺旋线占据了六扇大屏风的左半部分。这似乎是预告着蛟龙的出现。蛟龙，就是栖居在水中的一种龙。风起，水面激起巨浪，右端二人被风吹倒，伏在地面。

我想起来了，彩色《群仙图屏风》的右半座也画着吕洞宾身着青衣坐于龙头，还画有几条代表龙腾飞的螺旋线。大概在萧白的头脑中螺旋线和龙的运动密切相关不可分割吧。

我喜欢螺旋线，所以在我隔着玻璃看到那个像极了蕨菜精灵、代表着宇宙生气的大螺旋线时，瞬间就对萧白刮目相看了。

辻惟雄氏对彩色《群仙图屏风》中的波浪评价道："赛过北斋的《神奈川冲浪里》。"《仙人图屏风》中奔涌的浪花也和它有同趣之妙。

《商山四皓图屏风》描绘了秦末汉初为躲避战乱而隐遁商山的四个须眉花白的隐士。萧白作品总体来说不囿传统的较多，这幅作品或许是最不囿传统的。巨大的松树下，隐士们饮酒畅谈，表现出大无畏的气概。人物线条被萧白极度地简略化，显得流畅豪放。想象得出他应该是先用粗线条定下各个人物的位置，再用细线精描，一气呵成。

有趣的是，左半座的画面上，嶙峋的松树伸展出长长的一条枝，枝下一个圆墩墩的矮胖子头戴馒头形笠子，骑在一只动物上。这只动物用奇妙的淡墨绘成，是牛呢，还是猪呢？我一点也想象不出。换个角度看，似乎还有两只角，看起来有点像独角仙。

《虎溪三笑·芭蕉和鸡图屏风》中最应细看的是左半座的芭蕉叶吧。淡墨笔触是萧白特有的表现手法。同一展览会场展出的《十六罗汉图》中也有若冲独特的芭蕉画法，两者一动一静，形成对照，尤其令人回味。萧白画的鸡没有若冲的那样带有装饰性，而是倾向于强劲有力的表现主义。这点读者也能轻易看出来吧。

在某一期美术杂志的策划中，杂志社让我来选"日本百宝"。当时，我把酒井抱一、池大雅、浦上玉堂、伊藤若冲、圆山应举、葛饰北斋列为江户后期的代表性画家，但没有列萧白。因为那是在我看到波士顿美术馆所藏日本绘画名作展之前，如今想起这事，深感遗憾。

从绘卷看中世

《信贵山缘起绘卷》《伴大纳言绘卷》《源氏物语绘卷》《鸟兽人物戏画》《地狱草纸》《饿鬼草纸》《病草纸》等，这些算是黄金时代绘卷的遗品，一般认为作于 12 到 13 世纪。12 到 13 世纪是古代律令制社会分崩离析、从院政末期过渡到镰仓时代的动乱时期。强调一句，此时期是日本历史上最耐人寻味的时代。

怎么个耐人寻味呢？第一，文化方面创建了镰仓新佛教。这样说的话，可能会陷入年表式的历史观。踊念佛[1]的空也生活的 10 世纪，已经渐渐呈现社会阶层流动的趋向，宗教和艺能携手相行，上层贵族阶层和下层庶民之间发生环流。聚焦于宗教和艺能来看中世的话，我们会发现中世文化内部有令人意想不到的上下环流运

---

1 日本佛教用语。为日本平安时代之天台宗僧空也创制的念佛方法，即一边拍击鼓与钲，一边合着节拍念佛或念其他偈颂。

动。这是我所说的耐人寻味之处。

中世文化内蕴含这种新运动，绘卷是它的见证者，也是它的记录者。只要翻阅《今昔物语集》《梁尘秘抄》《新古今和歌集》及同时代的作品，就能发现这种隐性的精神运动。

譬如，佛教意义上"地狱"观念的成形，就显然说明这个时代与之前的时代有着本质上的不同。在美术史上占据特殊地位的"地狱绘"，是日本精神遭遇恐怖的冥世——这个唯一且稀有的时代的证言。古代社会向中世社会转换的过渡期，"厌离秽土"的思想深入人心。如果不是这样的历史背景，地狱绘怕是也无从生起。当然，室町时代之前，"六道绘"[1] 的制作并没有绝迹。只是，再也难以看到像平安末期、镰仓时代那样艺术性、品位高超的作品了。

像《今昔物语集》对所有阶层的人都有生动逼真的刻画一样，中世绘卷中，对我前面讲到的推进上下环流运动者，如宗教家、艺术家等，也有活灵活现的描绘。不单人，地狱的鬼和饿鬼、畸形者、病人，还有动物也出现在绘卷中。《信贵山缘起绘卷》还有魔性缠身的生物，看起来像深得我心的宝剑护法童子。室町时代以后，

1　描绘地狱、饿鬼、畜生、阿修罗、人、天的六道世界的绘画。

这些生物变得更为多样化，出现在更为通俗的《百鬼夜行图》和《御伽草子》[1]的插画等中。

时代上再往后走一点的话，在六道绘中，《北野天神缘起》的"日藏六道巡行段"也是我喜爱的，关于这个我之前还写过一篇文章。尤其是第八卷"饿鬼道"部分出现的木贼虫，形象很讨我喜欢。这个木贼虫形象的灵感源自源信的《往生要集》，我在这里引用其中一段关于木贼虫的说明吧：

> 或有饿鬼生在树中，逼迮押身如木贼虫，受大苦恼。昔伐阴凉树，及伐众僧园林者，受此报。

再看绘卷《北野天神缘起》，木贼虫，诚如其名，蜷缩在树洞一样的洞穴中，露出一副可怜巴巴的表情。地狱中竟然有这么可笑的刑罚，看这画不禁让人嘴角上扬。

《化物草纸》《土蜘蛛草纸》《付丧神记》等也是我中意的绘卷。这些绘卷作于时代上晚很多的室町时代，多由土佐派的画家绘制而成，已经有江户的题材（objet）

---

1 一种室町时代的大众文学。

感觉了。不过，我在前面也讲过，这些已然不能说是古典性的绘卷，将其置于《御伽草子》的世界来看待更合适。推敲这之间的关系，思考一下从地狱绘到妖怪画的谱系，也是一件趣事吧。

我和琳派 [1]

——对《舞乐图》之喜爱

我曾说俵屋宗达是"日本的巴洛克"，其实连我本人都觉得这种说法太过粗暴，但我不想修正它。因为无论是《风神雷神图》还是《舞乐图》，越欣赏越发觉得它们真的只有配色和构图，金泥底色的空间里充斥着不可见的动感。

京都庶民出身、导演过神祇园祭的宗达豪放大胆，一反镰仓、室町时期禅僧的枯淡审美趣味，作画大胆豪放，毫不忌惮地使用金色作为底色。可奇怪的是，宗达作品又没有一点桃山时代金碧障屏画样的暴发户审美趣味。

这就是琳派的秘密。这个秘密到了尾形光琳这儿，

---

1 又称宗达光琳派，流行于整个江户时代的装饰画流派，追求日本美术传统中的装饰美和意匠美。由江户初期的俵屋宗达创始，集大成于江户中期的尾形光琳。

就成公开秘密了，因为装饰性、样式化和设计感都外显化了。那么，琳派的秘密也可以说是几何学吧，几何学就全然没有暴发户趣味。

虽然我斗胆称宗达为日本的巴洛克，但并不想把这个称号也加于光琳。光琳的画作很富日本特色，抽象得大胆有力，有它独特的样式，同时又兼具国际化特征。他自创了一个流派，是个天才。

如果拿文学来比喻绘画的话，宗达和光琳的绘画成就相当于古典文学，比如《伊势物语》。不过对于他们而言，古典文学不仅仅是《伊势物语》，他们同时也继承了平安王朝的贵族趣味。这些构成了他们厚实的基底。

我最喜爱的是宗达的《舞乐图》。整幅图宛如音乐一般，无意味的色彩对比和舞动的人物构成画面的全部，描绘出一个极致单纯的世界。我知道这种形容很模糊，但除了用"宛如音乐一般"，再想不出更合适的辞藻来形容它。也可以说像拼贴画；也可以说，是迄今的日本绘画能够表现出的最美的诗。

琳派可说是最早将所有诸如风情、氛围等这些人性要素从画面上剥离下来，全部还原成形态和色彩对比的画派。

最后我还想告白一下文化文政时代的酒井抱一，他身上有让我难以抵抗的魅力。抱一摒弃了宗达开创的巴洛克风格，创建了笔触纤细至极的矫饰主义。这可真不容易！

我和修学院离宫

——造型植物的美学

初访修学院离宫，已经是距今二十多年前的事了。我记得是昭和三十五年（1960年），"安保运动"那一年。当时我受京都大学学生的邀请去了京都，在政治热情膨胀的学生面前，讲了一些令人热血沸腾的话。现在的我，想都不敢想。

刚巧友人获得宫内厅的许可，便邀请我一同参观修学院。安保和修学院，不搭调的一对组合。那个时候，我唯欧洲是瞻，对日本的传统文化几乎不关心，连后水尾院是什么也浑然不知。我没抱什么兴致，也没提前做功课，就晃晃悠悠地跟着友人去了洛北[1]。

毕竟是二十年前的事了，记忆依稀，只记得按照参观路线，走马观花地游览着。渐渐地走到了庭园的高处，

却见眼前出现一堵厚厚的常绿树墙壁，青翠欲滴，舒缓的曲线起伏有致，像波浪一样流泻下来又高涨上去。我被它吸引了。这就是大的造型植物。

造型植物也普遍存在于欧洲的庭园里，但它们全都受限于严密的几何学。我没见过修学院的这种造型植物围墙，它与几何学无关，而是借助大自然的有机伸展来限定空间。

我说"限定空间"，至少像"上之茶屋"这样的庭园空间，我觉得其最大特色应该是植物筑成的围墙吧。围墙让庭园内部若隐若现，又能一举将庭园置于广阔的大自然中央。

然而，从邻云亭往浴龙池那边的群山眺望时，我却没有思考这些。我前面讲过，当时我对日本美抱有强烈的戒备心，甚至努力让自己不受感染，保持无动于衷的态度。当时我还没看到欧洲的巴洛克庭园。

一晃二十多年过去了。我最近想着，一定要再去一次修学院离宫。

六道绘和寺庙庭园

琵琶湖西岸即湖西有座寺院，叫圣众来迎寺。大概十年前，我为了查点东西，请寺院让我看了一下该寺收藏的十五幅六道绘。

我很喜欢坂本附近，经常从京都跑到日吉大社和西教寺来。有家叫"鹤喜"的老荞麦面店，在这儿吃碗荞麦面也是我的乐趣之一。就在前年，我第一次去比叡山的横川，开车回来时又经过了坂本。

坂本这一带仍然残留着老门前町的韵味。随意走走停停，仍能感觉古韵犹在，让人欢愉。有名的穴太石堆也是在这一带。

圣众来迎寺是天台宗的名刹，位于坂本东边的琵琶湖一侧，四周围着漂亮的石墙和白色的院墙。

时隔十年，我已经记不太清楚了。只记得一位气宇轩昂的白胡子住持迎了出来，在面向中庭的明亮的长廊那儿，小心翼翼地、一幅一幅地为我展开了期盼已久的十五幅六道绘。

六道绘，即"地狱绘"。这个寺院的地狱绘，将源信的《往生要集》鲜明地视觉化，乃镰仓时期写实主义的杰作。说它是日本第一的六道绘也不为过。原画刚巧被拿去京都国立博物馆展览了，所以第二天我有幸欣赏了一番。

说来，这座寺院和横川的惠心僧都（即源信）关系不浅。传说僧都在这里做了水想观[1]，在紫云亭中见到了阿弥陀如来佛等。仔细看《来迎图》，背景是汪汪一片水，水上面画着腾云驾雾的圣众。这水，或许是琵琶湖的水。至少惠心僧都的幻觉里有这样的情景吧，我忍不住这样觉得。

圣众来迎寺的庭园，最具特色者为安放的石头和苏铁。

修剪得圆润的树丛中，苏铁舒展着叶子，石头下面则长满了青苔。即便是外行的我，也看出这和一般的枯山水大不一样。也可能是因为一眼望过去满眼都是绿色植物，所以有这种印象吧。

总之，当时我心里只挂念着地狱绘，应该是无暇去

---

1 水想观，《净土三经》之《观无量寿经》中，"十六观"的第二观，谓做水想、冰想、琉璃想，内外映彻，希求以此往生极乐净土或致佛陀来迎。

关心庭园的了。尽管如此，夕阳西斜时，阳光洒满院落，寂静无声，让我感觉很美好且触动人心。唯独这点我记得很清楚。

幸运的是，当时除了我们之外没有其他参观者，圣众来迎寺仿佛就和惠心僧都时代一样，依旧静谧安宁。

说到庭园，我曾经沿着安云川在琵琶湖西岸一路北上，走到木地师所住的村子——朽木村。我发现村里有座叫兴圣寺的寺庙，庭园既素朴又有格调。让我不禁感慨，意料之外的地方有意外之喜啊！

观音杂谈

记得好像是作家村松梢风，战败后不久，在报纸上登载了一篇意见书，说坐在东海道线和横须贺线的电车里，透过窗户能很清楚地看到大船观音像的面部。但面部看起来太怪异，让人不舒服，应该加工得漂亮点。这个意见最终有没有被采纳，我不清楚。现在，钢筋混凝土建造的观音像的面部已经被修改，变得比以前好看多了。

我长期住在镰仓，所以不管愿不愿意，每次坐电车去东京时，都要拜望观音的脸。每次拜望时，都不禁想起已故的村松梢风，暗地表示感谢。因为拜望的观音像能不丑陋是最好的。

我的基本观点是，观音的前身肯定是地母神。特别是看到法华寺手持花蕾形状的莲花（女性的象征）的十一面观音时，更加坚定了这种观点。近来，具有神话学和人类学基础的佛教研究者中，越来越多的人认为应该把观音置于起源于印度和中东地区，甚至扩散到欧洲的地母神的谱系里。这是当然的，我们应该朝着这个方向继续研究下去。

让我这个不知天高地厚的门外汉来说的话，以贵霜帝国昌盛过的阿富汗一带为中心，用考古学方法向东西两个方向探索下去，最终说不定能把希腊和日本直线串联起来呢。

比如，我感觉伊朗的阿娜希塔女神（Anāhitā）和日本的观音可能是近亲，近于姐妹关系吧。

日本人的话，不管有没有信仰，应该从小就看过好多次观音。不过我等俗人，开始有意识地瞻仰观音也不是那么久远的事。也许是上年纪了，对欧洲不再那么感兴趣，反而是走走看看京都、奈良的寺院，感觉内心平和。不单京都、奈良，我也去了吉野和熊野，还去了近江、若狭。另外，外出旅行时，也瞻仰了数不胜数的观音。

现在，我的眼帘里突然浮现的是十几年前盛春之时，我和妻子一同拜访樱井的圣林寺的光景。

前一天晚上我们停宿在多武峰。第二天，夜来雨新霁，清晨醒来，轻寒入怀，令人神清气爽。时候尚早，谈山神社还不见香客，我便和打扫殿堂的年轻神官交谈了一会儿。御破裂山的传说很有意思，我当时就把它作为了话题。

之后，我们乘大巴顺着寺川来到了圣林寺附近。

田间小道在我们脚下延伸。道路两边开满了紫红色的紫云英，还有小石佛，一片春光烂漫。我们的脚步也不由得轻盈起来。

平缓的斜坡上面就是寺院了。寺院被白壁土墙围了起来。石阶尽头是山门，白墙前面静悄悄地绽放着桃花，景色宜人。

我请求参观收藏库内部，于是住持夫人便带我们去了昭和三十五年用钢筋混凝土建造的收藏库，这里收藏着费诺罗萨盛赞的十一面观音。

完全不同于室生寺、法华寺、渡岸寺的观音像，这座观音像气宇轩昂，既无女人味也不性感，和地母神的形象相距甚远。金箔脱落，褪色了不少，但威风犹在。像身很大，我们得仰视。说实话，我当时被震惊到了：竟然有这样的十一面观音！

瞻仰完观音后，我们出了圣林寺的山门，漫步走下斜坡。紫云英烂漫绽放的道路旁边，停着一辆抽吸式清洁车，散发出难闻的味道。我也是无语了。记忆这东西也真是神奇，我怎么会到现在还记着这个无聊的小细节呢？

"婆娑罗"和"婆娑罗"之名

20 世纪 60 年代的嬉皮文化早已从人们的记忆中淡远了，说起来，那也可以说是一场服饰革命运动。无论哪个时代，当否定既有制度和传统价值观的新风俗流行时，世人总会半带嘲弄意味地给那些新风俗推动者冠以一个新名词。法国大革命后的反动期，也就是督政府时期，头上裹条布带，披头散发大摇大摆走在巴黎大街上的年轻人，也属于叛逆的一代。人们称之为"Incroyables"（意为"难以置信"）。日本南北朝时期的"婆娑罗"也可以归于这一精神系谱。

《建武式目》记载："近日号婆佐罗[1]，专好华美，绫罗锦绣，精美银剑，风流服饰，令人瞠目结舌，可谓极端疯狂。"可见，"婆娑罗"最开始是指服装和装饰

---

1 日语中，"婆佐罗"与"婆娑罗"同音。

品方面的奢侈现象。可是，不久后意义引申为一种风流，或是破坏传统的一种精神自由或男性时尚。

关于"婆娑罗"的词源，有几种说法。一种说法是，表示挥着衣服起舞之意的"婆娑"后面加上结尾词"罗"。"婆娑罗"原是梵语的音译，译成汉语是金刚，也就是钻石。因为钻石坚硬，什么东西都能破坏，象征着精神的自在、无视权威的奔放、毫无顾忌的行为等。

对于"婆娑罗"的种种词源说，我没有能力判定正误，只是想着"婆娑罗"即钻石，倒不禁对中世日本的这个流行语抱起好感来。

生动描写了南北朝动乱时期之社会万象的《太平记》中出场的守护大名中，佐佐木道誉、土岐赖远、高师直可算是"婆娑罗"风俗的三位代表。其中佐佐木道誉可谓是"婆娑罗"之最，为了苟全性命于乱世，背叛过也投降过，耍尽权谋术数，为此臭名昭著。

关于佐佐木道誉的"婆娑罗"，《太平记》有不少故事记述，其中有一则是这样的：

一日，道誉的一群家臣猎鹰回来，经过妙法院御所，见庭院里红叶红得正好，便派下级武士去折。刚巧住持看见了，于是赶紧派寺僧去制止："折御所红叶，岂有此理？"武士却嘲笑："御所算什么！"欲折更大一枝。这时，正在妙法院值班的比叡山荒法师出现了，大打出手，将武士们赶出了寺门。

这事传到了道誉耳里，于是大怒："竟敢对道誉家臣如此无礼！"亲自发兵烧了妙法院。妙法院原是比叡山延历寺的分寺，与皇室有关系，地位高。事情闹到这地步，幕府也不能袖手旁观了，遂下令将道誉流放到出羽国。

然而，在出发去流放地时，道誉让三百多名年轻武士都带上黄莺鸟笼，途中喝酒吃肉，每到一个夜宿地就寻花问柳，仿佛是去游山玩水。还让年轻武士们配上猿皮箭袋、系上猿皮护腰垫。猿猴原是日吉神社的神的侍从，是比叡山的守护神，一直受人保护。其实，道誉是故意让家臣们这么装扮，以嘲弄比叡山延历寺。

道誉的"婆娑罗"，还不止于这种旁若无人的猖狂行为。再介绍一则显示他风流的一面吧。

南朝军队攻进京都，道誉只好撤离京都的宅邸。撤离前，他特意把宅邸又装饰了一番，精美得让南朝武将楠木正仪瞠目结舌。

客厅里铺着大朵花纹的榻榻米，墙上挂着秘藏的画，四处摆放着价格高昂的中国花瓶和香炉。书院里挂着王羲之的书法，寝室里用的是沉香枕和绸缎褥。还安排了两名和尚，给巨大的酒桶盛满酒，交代他们给闯进来的敌人献上一碗。闯进来的是楠木正仪，受到和尚们的礼貌相迎后，深受感动，不仅没有破坏宅邸的一草一木，而且在战事失利不得不离开时，还将自己珍藏的盔甲和银制大刀留在了寝室。

大家听说这事后，纷纷赞叹："不愧是道誉，风流啊！"也有人笑话："可怜的楠木，被道誉这只老狐狸吓到，连盔甲和大刀都被夺走了。"

体现道誉"婆娑罗"精神最高境界的事件，应该是在洛西大原野举办的盛大赏花会。也简单提一下吧。

当时，道誉是足利义诠的幕后军师，一直将总领斯波高经视作拦路虎和眼中钉，早前就想寻机消灭他。刚好，高经计划在将军府里筹办赏花宴。道誉表面答应出席，暗里召集京都城里的艺人，于同日同时刻在洛西大原野举办了一场大规模的豪奢宴会。

据《太平记》载，寺院栏杆用金色布条包裹，栏柱上的宝珠装饰用金箔覆上，回廊里铺满外国进口地毯。这是赏花席。庭院里，四株樱花树下放着足足一丈高的黄铜花瓶，做成一对"立花"[1]的形式。摆好的几张桌台上面放着香炉，香炉里足足一斤的名香同时燃熏，香气四溢，赏花人仿佛身在仙境。周围幕布下垂，座椅整齐，百味珍馐琳琅满目，读者朋友们想象一下野外派对自助餐就对了。庭院中央，艺人们又歌又舞，脱衣逗乐，

---

1 花道中，把中心树枝立正的一种插花形式。

豪奢至极。

赏花宴上，奖品堆如山高，斗茶会也进行得如火如荼。斗茶是一种赌博，展示出各种各样的茶，让大家猜，赌钱也赌奖品。茶会之后是酒会，侍酒女在一旁侍酒谈笑。不同于后来的枯淡趣味，这时的茶会完全是享乐型的。

道誉在斗茶界鼎鼎有名，在花道界、香道界也自成一家，还是"能"和"狂言"的赞助者。南北朝、室町时期，连歌、能、茶道、花道等新兴艺能蓬勃发展，离不开道誉的推动，因为他的趣味决定了这些艺能的发展方向。

无须我说，奢侈至极的道誉的"婆娑罗"趣味不是仅凭财力就能实现的。和给安土城天守阁装上灯笼、在爆竹和音乐声中大张旗鼓赶马的织田信长一样，道誉有释放自我的表演才能。

说起信长，年轻时候喜欢穿奇装异服，喜欢一语惊人，行为也经常让人觉得惊异。他的血液里也流着前代传下来的"婆娑罗"趣味吧。一把火烧掉比叡山和兴福寺是信长残忍无情的一面，同时，他保护基督教传教士，喜爱南蛮[1]相关事物，追求新鲜事物。他第一次组建的

---

1 指泰国、菲律宾、印尼等东南亚诸国以及通过东南亚来到日本的西班牙人与葡萄牙人。

铁炮队，其实就是崇洋"歌舞伎"的集合。

从历史关系来看，南北朝时期的"婆娑罗"后来发展成了永禄、庆长年间的"歌舞伎"。和"婆娑罗"相比，"歌舞伎"在服装方面更为华美，尤其倾向于男扮女装。说绝对点，是性转换的风俗。"歌舞伎"的传统在整个江户时代时隐时现，越到后期越迎合闭关锁国的日本的町人文化，最终萎缩成一个老成世故的概念。这是德川幕府三百年间巧妙统治的结果，关于这点，以后有机会再讲吧。

总之，我们日本人从明治到战后的今天，对于服饰上的高调要素显得极为保守，这种视低调服装和冷色系为高雅审美的习惯，究其原因，就在江户幕府的统治策略上。

就说那个被形容为沟鼠的上班族西装吧，你们要是认为这是日本人传统的、普遍的色彩审美，那可就大错特错了。因为在以前，"婆娑罗""歌舞伎"审美就体现了大胆的叛逆和嘲讽，与良风美俗、保守型的道德针锋相对。

我早就对"婆娑罗"之最高体现者的佐佐木道誉很感兴趣，所以去年夏季和秋季两次，又去近江游访了与他有关的一些地方。

新干线到米原站，下车后叫了一辆的士。往东开的话，伊吹山南麓的柏原有德源院，这里有京极家（佐佐木家的支流，道誉是第五代）十八代的墓。在当地，清泷寺更为有名，但德源院到了晚夏，红艳艳的灯笼草点缀在一排排威风凛凛的宝箧印塔周边，别有一番韵味。右四是道誉的墓，我轻轻抚了抚。

道誉还有另外一座墓。从米原站坐的士朝南走，可以到达胜乐寺，就在有名的多贺大社旁边的甲良町。这里也有道誉的墓，宝箧印塔因为战火损失了塔身，形状显得奇怪，倒正符合了道誉的风格。宝箧印塔已不成样，像是乱石堆砌而成，长满了青苔。我相当喜欢这座墓。

静谧的德源庭院中，有座据说是宽文年间再建的三重塔，外形好看。塔对面有株垂樱，名叫道誉樱。没有见过它开花的样子，我想应该很美吧。

IV

華やかな食物誌

土方巽

近来好像刮起了一阵 60 年代怀旧风潮，我却总不能融入这种风潮里。60 年代对我而言，远不过是二十年前的事，它连接着现在，又恍如昨日，无所谓"怀旧"。再说，那个年代和现在又有什么不同呢？历史的意义，本来就是由一种始于当下的反透视法来决定的。那些人满怀深情、口口声声追忆 60 年代，激情昂扬，回顾 60 年代，热血沸腾，对于这种莫名其妙的感伤主义和乐观主义，我十分厌烦，甚至觉得他们就是一群蠢到骨髓的俗人。

至少，我的 60 年代没有激情昂扬，也没有热血沸腾。我只能用自己的透视法来定义我的 60 年代。我承认，在我这个 60 年代的透视镜里，有一个黑色身影。他就是土方巽。抛开土方巽，我的 60 年代无从谈起。

舞台上，一个裸身男子利索地翻了个跟斗，弓着背，蜷缩着手脚。这似乎是尚未出生的胎儿的睡眠姿态，同时暗示着生和死的方向；又像是卡夫卡短篇小说中的甲虫。一会儿，裸身男子缓缓站起来，突起一根根数得清的肋骨，开始伸展整个身体，像风箱一样鼓起胸腔和腹部。一眨眼，又像小儿麻痹一样手脚不协调地痉挛，脚步一深一浅地走一下，又突然腿脚僵直地停下来，还发出意思不明的短促的叫声。

我惊呆了。它完全不同于我们自身习以为常的日常性动作，也不同于我们熟知的古典芭蕾有节奏的样式动作，但却暗示着奇妙的肉体操纵的可能性。它彻底违背了我们的期待，也超乎了我们的想象。这是1960年夏，我在日比谷第一生命剧场的舞台上第一次看到的土方巽的暗黑舞蹈。

60年代刚刚拉开帷幕，土方巽就带着他的暗黑舞蹈出现在了我们面前，登场即让人震撼。当时还不知道怎么命名，暂且叫作了"前卫舞蹈"。那之后的十年间，也就是到1973年秋，土方巽共举行了十几次的公演（我的记忆没错的话），之后，就进入了长久的沉默期。这沉默像个谜，就如马塞尔·杜尚[1]的沉默。随着70年代告一段落，80年代款款而来，不知何时开始，土方巽

1　Marcel Duchamp（1887—1968），法国艺术家，达达主义和超现实主义的代表人物和创始人之一。

周边产生了一些传说和神话。人们满怀期待地议论起土方巽什么时候复出，我也数次鲁莽地当面质问他本人：为什么不舞了？但是土方巽时至今日都只是以笑作答。谜就谜着吧，我接着说。

列一下土方巽1960年至1973年的所有公演曲目吧。1959年的《禁色》没有看，列在这之后的公演，我都看过。

1960年7月 Dance Experience 会（曲目是《花》《种子》《kiki》《鸟》《禁色》《迪比奴抄》《暗体》《Dance Experience 三章》《处理场》，大野一雄、大野庆人等共同出演） 日比谷第一生命剧场

1960年10月 第二回六五〇 Dance Experience 会（黛敏郎、东松照明、寺山修司、土方巽、金森馨、三保敬太郎六人的共同发表会，土方巽的曲目是《圣侯爵》） 日比谷第一生命剧场

1961年9月 Dance Experience 会（曲目是《半阴半阳者昼午的秘仪·三章》《砂糖点心·四章》，大野一雄、若松美黄、大野庆人、石井满隆等共同出演） 日比谷第一生命剧场

1962年6月 Dance Experience 会（曲目是《勒达三态》，元藤烨子、大野一雄等参加） 目黑 asbest 馆

1963年11月 《按摩、支撑爱欲的剧场故事》 赤

坂草月会馆剧场

1965 年 11 月《去涩泽先生家》（笠井叡首次参演）信浓町千日谷公会堂

1966 年 7 月《性爱恩惩学指南图绘　番茄》　新宿纪伊国屋

1967 年 4 月《Gessler 与 Vilhelm Tell 的群论》　赤坂草月会馆剧场

1967 年 7 月　高井富子演奏会《形而情学》（土方巽等暗黑舞蹈派全员共同出演）　新宿纪伊国屋

1967 年 8 月　石井满隆演奏会《舞蹈 Genet》（暗黑舞蹈派总动员出演）　日比谷第一生命剧场

1968 年 10 月　《肉体的反乱》（宣称"暗黑舞蹈派结成十一周年纪念"，同派总动员出演）　千驮谷日本青年馆

1972 年 10 月、11 月　燔牺大踏鉴《为了四季的二十七夜》（作品名是《疱创谈》《荒玉》《碍子考》《口水糖》《Gibasan》，芦川洋子、玉野黄市等共演）艺术剧场新宿文化

1973 年 9 月　燔牺大踏鉴《安静的家》　涩谷西武剧场

这样一列，土方巽这十年间的舞蹈活动轨迹一目了

然。接下来我再详细说一下我的理解。

　　首先是早期的土方巽。这个时期的土方巽受到了三岛由纪夫的很大影响，三岛看似也被这位小三岁的特异舞蹈家给深深震撼到了。说起来最初把我带到第一生命剧场后台，把穿着紧身服、半身赤裸的土方巽介绍给我认识的正是三岛。当时，三岛是暗黑舞蹈最为热情的粉丝，也是宣传者。土方巽膜拜三岛的事实，也可从他最早期的作品《禁色》得以证明。他总是借用文学作品的题材，比如，《迪比奴抄》是让·热内[1]的作品，《处理厂》是洛特雷阿蒙[2]的，《圣侯爵》是萨德的作品。

　　如果要一言以蔽早期土方巽舞蹈的特征，我想是他很强烈地表达了祭典式牺牲的爱欲。近来，"performance"这个词好像流行得很，大家请注意实际上早在 1960 年的第一生命剧场的舞台上，土方巽已经使用了 performer（体验者）这个表达。Performer，在当时指向祭坛进献牺牲的执行人。所以当年暗黑舞蹈的舞台上，经常出现斩杀白鸡的情节。另外大家倾向于认为土方舞蹈植根于东北地方的土俗，至少早期的土方舞蹈就像细江英公的高清照片所显示的一样，更多的是造型上的，换言之，是用肉体语言来表现某种形而上学的观念。也可以说是

1　Jean Genet（1910—1986），法国当代小说家、剧作家、诗人。
2　Comte de Lautréamont（1846—1870），法国诗人。

肉体的符号化，或者说对造型的重视。

这种旨在追求纯粹造型的表演在1963年的《按摩》之后微微有了变化，暂且称为中期土方巽吧。梅尔斯·坎宁安[1]舞蹈团和约翰·凯奇[2]、罗伯特·劳申伯格[3]一同访日就是1964年。这一年，日本暗黑戏剧界也遭遇种种意外，且以燎原之势迅速扩散，这多少影响了土方巽的舞蹈创作。换个角度来看，它为幽闭在形而上学密室里的土方巽打开了一道风穴，打破了他的封闭性。从这个意义上来说，意外的降临也不是没有意义。

这个地方我想再引用一下一个法国人在草月会馆看《按摩》时的观察：

> 扮成半阴阳滑稽者的土方和他的一个弟子，在半个小时内，时而露出一点他们暗黑特色的象征物，向各个方位的观众们做出一瘸一拐的姿态，然后突然地，把身上的单层和服的下摆卷到大腿上，还以为身体会向前倾，没想到却动作严肃地把垂在大腿间的橡胶袋一把捞到了唇边，牙齿一咬，恶心的桃红色液体喷射

1　Merce Cunningham（1919—2009），美国舞蹈家、编导。

2　John Cage（1912—1992），美国先锋派古典音乐作曲家，著名实验音乐作曲家、作家、视觉艺术家。

3　Robert Rauschenberg（1925—2008），战后美国波普艺术的代表人物。

而出。然后他们师徒俩就僵硬地立在那儿，一边作军队式的敬礼，一边被助手抬下舞台。

我想起来了，那时候，草月剧场的地板铺的是榻榻米，被石膏粉抹得白白的男士们一会儿把榻榻米举起，一会儿又翻转，动作滑稽可笑。

1970 年以后的土方巽，也就是后期土方巽，有两大特色。一是回归日本，另一是通过借助芦川洋子这位无可替代的合作者的力量，成功在女性舞蹈团中大展风采。幼年时代在东北度过的土方巽本就对"阿姐""阿婆"等独特形象尤其有好感，回归日本的同时，跪拜于地母神的脚下也不足为奇。《安静的家》是吉冈实的诗集题名，可见土方巽对文学的爱好一直没变。我说"回归日本"别无他意，是因为土方巽的舞台上经常有头插发簪、身着和服的女性盲眼表演者登场，会用具有东北风情的器物作为舞台道具。只是，后期的土方舞蹈一举一动都缓慢得要命，让人神经紧绷，仿佛是超慢放的能剧表演一样。"舞蹈是奋不顾身地站立着的尸体。"这句有名的土方舞蹈基本理念大概就是诞生于后期吧。

写此文时，我用"舞蹈"而不用"舞踏"。两者好像都可以用，但至少在早期大家说的全是"暗黑舞蹈"，而且在我记忆中，土方巽本人在和我交谈时用的也是

"舞蹈"。

在这里简单介绍一下土方巽的生平。他1928年3月9日出生于秋田县秋田市泉八町。父母亲务农，还经营一家荞麦面店，土方巽是第十一个孩子。幼小时候，农忙时节，土方巽一早就被放进一个叫作热饭笼的笼子里，在田埂上一直等到太阳落山父母收工，或是拿镰刀砍着水瓶的水玩。东北天寒地冻，人们因为冷手脚一直蜷缩着。有人说是这种生活让土方在后来萌生了肉体舞蹈的创作。想想，这也是暗黑舞蹈的出发点。如果说古典芭蕾意在表达从大地腾空飞起，土方舞蹈则总是足不离地，喜欢限定在受重力支配的空间里。尼采曾祈祷能够脱离"重力之魔"，东方人的土方巽毋宁觉得不应该敌视重力。

战败后，土方从秋田去了还是满目疮痍的东京。具体是什么时候，我不清楚。听说到东京后，他做过各种行当的买卖，还跟着几位老师学习了古典芭蕾。土方巽生性较为神秘，喜欢在周围营造一种神秘的气氛，凡事不爱多说。已故的舞台设计师金森馨、远赴美国的画家河原温、酒精中毒身亡的画家黑木不具人等好像都是土方巽最早期的朋友，那时我和他还不相识。不过，前面我讲过，在三岛由纪夫的引介下，我和他很快就熟稔亲密起来。他当时住在横滨的一间简易公寓里，隔三岔五就来位于镰仓的寒舍。

交往的十年间，即可以称作我的 60 年代，我和他共同度过了很多弥足珍贵的时光，他让我深受启发和鼓舞。大家看到 1965 年的公演题名是"去涩泽先生家"，或许会觉得奇怪，这其实是袭用了马塞尔·普鲁斯特的《去斯万家那边》。如是这般，一段时期，我和土方巽关系很好，连去目黑的练习场 asbest 馆也不用门票。一块儿斟酒共饮的日子数不胜数，我们还同行去过房总的海边、轻井泽、京都的稻垣足穗邸。三岛由纪夫离世时，他马达的家被警察封锁，我们还一起去上香了。要说这些事，那没个完，暂且打住。

窃以为土方舞蹈的终极理念是乔治·巴塔耶式的"生的非连续性"的表达。古典芭蕾正如哥特式寺院一样，一个劲儿地往上垂直延伸，符合它源于欧洲的气质。而暗黑舞蹈顽固地执着于在大地滞留。此外，欧洲人只知道肉体的能量通过有律动的运动来表现，而暗黑舞蹈还能够出色地表现出断绝、衰弱等形态。这是土方巽这个天才发现的、发祥于日本风土的舞蹈形式。

不管我们热切守望的土方巽今后将如何，他创始的暗黑舞蹈一定会显露出无限的可能性，被年轻人继承下去。如果土方巽复出的话——光想想就让我感到兴奋和战栗——恐怕他会掌控住"重力之魔"，成为新的日本查拉图斯特拉吧。读到尼采《查拉图斯特拉如是说》的下面这句话时，我不禁觉得这就是出自土方巽之口：

> 这就是我的教导：想要学飞的人，他必须
> 首先学习站立、行走、奔跑、攀登和舞蹈——
> 人不能一下子就学会飞行！

透明的盔甲或者抽象感

加山又造氏笔下的女人，就算褪去所有衣裳，看起来还像是穿着透明的盔甲，仿佛在用这透明盔甲般的肌肤坚毅地拒绝想要进入女体内部的画家的视线。

当然，这与其说是模特方的问题，毋宁说是画家面对模特的态度问题。为了充分激活模特的价值，加山氏对自己课以禁欲主义的束缚。我感觉是加山氏极力克制住试图进入模特内部的视线，使其仅仅停滞于表面。

其实我想说的是加山氏笔下的裸女，不同于传统画家描绘的。传统画家笔下的裸女感情丰富、风韵四溢、脂粉飘香，散发出一种由内向外的美。而加山氏的裸女内外有别，互不交融。

"脱掉衣裳，由普通人变成裸女后，她们变得相当美丽，带着无表情的微笑，优雅地窥视自己的身体宇宙。"加山氏写道。加山氏自己绝没有期望去窥视裸女的内部宇宙，这个交给她们自己。对于像鸡蛋一样将宇宙世界隐藏在内部的裸女，加山氏只用一种禁欲主义的线条心无旁骛地勾画她们的外部。小心翼翼地，生怕弄坏了薄薄的鸡蛋膜。

因为视线只停留在外表，裸女身体的感官魅力得以被毫无保留地描绘出来。说感官魅力恰不恰当，说实话，我也心里没底，或许是女人这个客体所制造的纯粹的抽象感。至少，她们身上没有逼真的肉感，也没有扑面而来的体香。

细细欣赏加山氏的裸女百态，我们会发现找不到一个像古希腊以来含羞的维纳斯那样的姿态，即手掩着乳房和私处。她们个个都无所戒备地、大胆地敞露着肉体。乍一看，她们是如此酷，如此摩登。这点和石本正氏的裸女完全不同。

一条线圈画出来的女子身体，是物，还是观念呢？让我们产生这种疑问，也都怪加山氏独特的抽象感。透明的盔甲，或许正是这个抽象感的别名。

城景都或者纸牌之城

人一旦上了年纪，对什么事都变得挑剔起来，不管对方多么低声下气地求我写评论，只要是有一点点不符合自己审美的画家，怎么都不想写。因为麻烦，而且还不爽。反之，如果是遇到一位拨动自己心弦的画家，怎么都想写。任性的家伙。可是，如果不凭着性子写的话，那要写什么，怎么写呢？

第一次看城景都的作品是什么时候，现在我已经记不起来了。只记得当我一眼看到那个像陶器表面流出来的乳液样的、被独特的网眼密密麻麻地覆盖住的画面上浮现出来的女子幻影时，心想："啊，这个人，可以写。"后来在一次宴会上，偶遇美术出版社的宫泽壮佳氏，便向他袒露了这个愿望。说来是几年前的事了。宫泽氏不曾忘记我的话，这次要做画集，便邀我写一篇。

因为这种缘分和画家建立关系，我尤为感到高兴。

为什么？因为说到底，这相当于我自发地要来写这位画家。

缘起就说这么多吧，接下来看看城景都的作品。

如前所述，城景都的铜版画的最大特色应该说是很像陶器乳液的裂缝表现。这绝不是恣意而为，听说是源于画家幼时体验的一种必然性产物。这让我深受感触。这些裂缝究竟是从什么地方获得灵感的呢？城景给我的回答是："我从小喜欢观察并描绘植物，画得很细。裂缝的原型实际上是叶脉。"他回答时，没有半点迟疑，脱口而出，脸上神采奕奕。

原来如此。说起来，雷东也是在亲近植物世界时获得了表现的灵感。我们从雷东的铜版画中，多少可以发现一些植物意象。我觉得城景都的画里面也有类似的东西。特别是"女人的学问"系列里的几幅油彩画中，像是繁茂的热带植物一样的蔓草蜿蜒伸展，让人产生幻想，觉得这芽、花和果实都同化成了女人的肉体。换言之，女人也和植物一样，被画家描绘成生长、开花的有机自然之物。

不要误以为城景都是从观念和理论出发的画家，他归根到底是从手的运动出发的画家。就像儿童纯真地画线一样，他似乎纯粹陶醉于在画面上刻印手的运动轨迹。画面上的形象眼看着不断增加，细节衍生出细节，不久画面就被蜿蜒曲折的线条层层覆盖住，形成空间恐怖。

把裂缝的手法看作是这个空间恐怖的一种表现方式也未尝不可。我忍不住想象，画家在专心致志地描绘这一根根细线时，那种幸福感应该就是儿童拥有的那种纯真幸福吧。真让我羡慕。

我无条件地被城景都的画吸引住的原因也在此，他无意识地拒绝作为一名艺术家的成熟，永远保持儿童般的天性、自由自在地玩耍。不对，原本他就压根儿没想过要作为一名艺术家而成熟，一丁点儿这种闪念都没有过。就算画板有点杂乱，就算构图有些勉强，这丝毫不会折损城景都画的魅力。画，是一种快乐。这不就行了么？什么形而上学，一边儿去吧。城景都的画看起来就像在这样无所顾忌地叫喊。

然而，并不是说城景都的画里没有形而上学。我曾被"女人的学问"这个超赞的系列名惊到，能想到这么高品位（像18世纪风格、萨德风格）名字的画家，怎么可能没有形而上学呢？它只是被阻于画的背后，没有浮于表面。有人觉得这是城景都的画难以掩饰的缺点，我倒是觉得这正是城景都的画矫饰得恰到好处的地方。可以说让人感觉高雅。

在铜版画上描绘色欲女的画家在现代日本满大街都是，然而像城景都这样与生俱来有高雅气质的画家，怕是凤毛麟角。

富有匠人气质，反对学院派，自由生活中积淀下的知性灵感一直伴随着纤细的线条运动。这也是我被这位画家吸引的一大原因。

没有表现主义风格的沉重与暧昧，本质上是线条画家，干净明朗的乐观主义是他前进的方向。这些也完全符合我的审美喜好。

关于城景都的色欲主义，我故意什么都没谈。因为觉得没有特意谈的必要。撇开这个的话，我前面讲的所有内容也将失去根基，会像个纸牌城堡一样轰然崩塌吧。

拒绝出售自己

——关于秋吉峦

秋吉峦是个另类画家，一生从没办过个展，从没卖过一张自作画，完全无声无名的时候还安于闭塞。我就算对这位画家产生兴趣，那也不奇怪。他去年[1]去世，享年五十八岁。生前，在战后的三十六年间，他活得多么忧郁委屈啊。

大正十一年（1922年）出生的秋吉峦，可以归为战中派世代。他出生于旧日本帝国统治下的朝鲜，最高学历是京城商业大学，战时两次被召集入伍。但是战败那年他回到九州，后又去了东京，生活过得怎么样，我全然不知。据我打听，说是在某家杂志画插画以维持生计。

一句话高度概括他的作风，可以说是通俗超现实主

义。我斗胆说是"通俗",大家别误会,其实"通俗"中包含有我的一丝羡慕。实际上,矢志不渝地追求梦想到这般地步的画家,不管画作卖得好不好,都是幸福的吧。卖得好不好?不对,他压根没想过要卖自己的画。他只顾着一味地编织自己的梦想,与画坛和画商完全没有联系。

我在前面写了"忧郁委屈"。但通观秋吉峦的一生,还是撤回这个词比较好。

平出隆《为了胡桃的战意》

读到平出隆的新诗集《为了胡桃的战意》了。清丽的用词，尖锐的抒情性，时而蹦出点幽默，富有知性的修辞，读来令人欲罢不能。虽然近来我已经很少被诗集打动了。

读诗集，感觉作者平生似乎非常讲究秩序感，在制作诗集的时候，把整体和部分的关系也忍不住作为一个技法展示了出来。诗集被分成了 111 个短小的片断。

它像个多面体箱子，有很多个抽屉，打开其中一个，里面横七竖八地躺着硬如石头的语句；再打开另一个，宛如雪花一般的观念在里面低吟。打开抽屉的一瞬间，可以看见砰的一声破裂消失的观念，也可以看到像虫子一样蠕动而出的语句。——这样一本诗集，像个精心设计的机关，囊括了语言和观念的所有诗性形式。

我这样写，或许有人会产生静止呆板的印象，其实不然，各个片断像螺丝钉，像地铁车厢，或者像个网状的胡桃壳一样，虚实交错相连，突显出意想不到的深奥和阴影，整体显得活力四射。这正是该诗集卓越的独创之处，最为有趣。

胡桃象征着什么呢？啊呀呀，没必要思考这个。尽管如此，对于 iuglans，我们不由得感到一种甘美，而且这个"完美之铃"的胡桃在诗集的最后碎了。出现 iuglans 的片断有三处，这些片断的文字最富抒情性，最为激扬，我都很喜欢。还有片断第 37、57、89、92 处也是我喜爱的。

话说回来，作者的设计与安排真是无微不至，片断之间的过渡轻快自然，不禁让人击节叫好。

顺便说一下，iuglans 是拉丁语的"胡桃"，词源可追溯到 iovis glāns，也就是来源于"丘比特的橡子"（"Jupiter′s acorn"）。不知道作者有没有意识到，glans 还有龟头的意思。

初版后记

本书主要收录的是关于美食的系列随笔"华丽食物志"。该系列曾分六次连载于号称是"男人的美食杂志"的季刊杂志上。写这类题目的随笔很少见。虽是如此，因是我写，写出来的也不是正经的食物志，终究不过是让人脑洞大开的东西。不知道是不是因为这个，杂志只连载了六期就停刊了。

第二部分是关于欧洲的美术，第三部分是关于日本的美术，第四部分是关于现代日本的舞蹈家、画家和诗人等。近十年前写的《维纳斯、处女兼妓女》除外，其他的都是近几年才写的。

这本随笔集有别于之前的地方在于，它收录了未发表的两篇，即《亚大纳西·基歇尔》和《舍瓦尔和理想宫殿》。两篇都是应求而写的，结果因为出版社出了状况，计划收录的书未能出版，一直搁着。这次趁机收录了进来。

　　继四年前出的《太阳王和月亮王》，本书是大和书房给我出的第七本单行本。从最早的《穿着长靴的猫》算起，我和大和书房已经交往了十年以上。不禁有点感慨。

涩泽龙彦

一九八四年七月